Bianca

D1474343

LA PRINCESA ESCONDIDA

Annie West

HARLEQUIN™

Editado por Harlequin Ibérica.
Una división de HarperCollins Ibérica, S.A.
Núñez de Balboa, 56
28001 Madrid

© 2019 Annie West
© 2019 Harlequin Ibérica, una división de HarperCollins Ibérica, S.A.
La princesa escondida, n.º 2740 - 13.11.19
Título original: The Greek's Forbidden Innocent
Publicada originalmente por Harlequin Enterprises, Ltd.

I.S.B.N.: 978-84-1328-497-2
Depósito legal: M-29558-2019
Impreso en España por: BLACK PRINT
Fecha impresion para Argentina: 11.5.20
Distribuidor exclusivo para España: LOGISTA
Distribuidor para México: Distibuidora Intermex, S.A. de C.V.
Distribuidores para Argentina: Interior, DGP, S.A. Alvarado 2118.
Cap. Fed./Buenos Aires y Gran Buenos Aires, VACCARO HNOS.

MIXTO
Papel procedente de
fuentes responsables
FSC® C108412

Este libro ha sido impreso con papel procedente de fuentes certificadas según el estándar FSC, para asegurar una gestión responsable de los bosques.

Capítulo 1

VAMOS, Carissa, respira hondo y cuéntamelo despacio –Mina sujetó a su amiga por los hombros–. Vuelve a respirar –asintió al ver que la respiración de Carissa se normalizaba–. Así, mucho mejor.

Mientras Carissa se concentraba en su respiración, Mina buscó con la mirada, en la entrada del piso de su amiga, la explicación a la ansiedad de esta. No vio sangre, no vio nada fuera de lugar, ningún intruso… solo una maleta de color rosa.

Sin embargo, algo pasaba. Carissa, la persona más relajada y tranquila que conocía, sin darle tiempo a abrir la puerta de su propia casa, la había agarrado y la había arrastrado a la suya. Un miedo real había empañado la mirada azul de Carissa.

–Vamos, siéntate y cuéntame qué pasa.

–¡No! –Carissa sacudió la cabeza y una oleada de rizos dorados acarició sus hombros–. No hay tiempo. Estarán muy pronto aquí. Pero no quiero ir. No puedo ir –dijo Carissa con los ojos llenos de lágrimas y la voz temblorosa–. ¡Quiero estar con Pierre! Pero no está aquí, en París, está en el extranjero.

Eso, al menos, tenía sentido. Pierre, era el novio de Carissa.

–No te preocupes, nadie te va a obligar a ir a ningún sitio al que no quieras ir –dijo Mina con calma mientras empujaba a su amiga hacia el pequeño cuarto de estar y la hacía sentarse. Carissa estaba temblando y su rostro blanco como la cera.

Mina sabía la conmoción que se podía sufrir tras recibir malas noticias. Su madre había muerto cuando ella era muy joven y solo cinco años atrás, cuando apenas contaba diecisiete años de edad, su padre había fallecido inesperadamente a causa de un aneurisma cerebral.

Los recuerdos de aquella terrible época la asaltaron: presa en un palacio tras un golpe de Estado después del funeral de su padre; el sacrificio de su hermana Ghizlan, obligada a casarse con el líder del golpe, Huseyn, con el fin de que este pudiera convertirse en jeque. Todo ello le parecía que hubiera ocurrido siglos atrás, muy lejos en el tiempo de su vida actual en Francia.

–Dime qué te pasa para que pueda ayudarte –Mina acercó una silla y tomó las manos de Carissa en las suyas–. ¿Te ha hecho alguien algo?

Carissa era confiada y amable, siempre pensaba bien de la gente. Si alguien se había aprovechado de ella…

–No, no es nada de eso.

Mina relajó los hombros, aliviada. Durante todos los años que su amiga y ella habían estudiado Arte en una de las mejores escuelas de París, y después, jamás había visto así a Carissa.

–Entonces, dime, ¿quién va a venir? ¿Adónde no quieres ir?

A Carissa le tembló el labio inferior y parpadeó repetidamente.

–Alexei Katsaros ha enviado a alguien para que venga a por mí y me lleve a su isla –un temblor le recorrió el cuerpo–. Pero yo no quiero ir. No puedo. Aunque mi padre me habló de ello, jamás creí que fuera a ocurrir. Tienes que ayudarme, Mina. Por favor.

Mina se tranquilizó. Al parecer, no se trataba de una cuestión de vida o muerte. Sabía quién era Alexei Katsaros. ¿Quién no? Era un hombre muy rico experto en tecnología de la información. El padre de Carissa era uno de los ejecutivos de las empresas de Alexei.

–¿Te han invitado a ir a ver a tu padre? No creo que a Pierre le importe que te tomes unas vacaciones cortas.

Carissa sacudió la cabeza.

–No se trata de unas vacaciones… ¡Es un matrimonio de conveniencia! Papá me dijo que esperaba amañarlo, pero yo jamás pensé que lo conseguiría. Alexei Katsaros podría casarse con cualquiera que se le antojara.

Mina no dijo nada. Carissa era extraordinariamente bonita y dulce. Eso, además de su natural tendencia a complacer, atraía a muchos hombres.

–No puedo casarme con ese hombre, Mina. Yo no puedo enamorarme de un hombre así, tan duro y moralista. Lo único que Alexei quiere es una esposa trofeo que haga lo que él diga cuando él quiera. Mi padre le ha dicho que yo soy bonita y me dejo manejar, y… –Carissa rompió en sollozos–. Jamás pensé que este asunto llegaría tan lejos. Me parecía impo-sible, algo como para echarse a reír. Pero no tengo alternativa. Mi padre cuenta conmigo.

Mina frunció el ceño. Sabía bastante de los ma-trimonios de conveniencia. Si su padre hubiera es-tado vivo, habría organizado para ella un matrimo-nio así.

–Estoy segura de que nadie te obligará a hacer algo que no quieres –al contrario que en Jeirut. A su her-mana la habían sometido a un matrimonio forzoso y ella no había podido hacer nada por impedirlo. Había sido un milagro que, contra todo pronóstico, la pa-reja se había enamorado–. Tu padre estará allí. Si le explicas que…

–No, no va a estar allí –gritó Carissa–. No sé dónde está, no consigo ponerme en contacto con él. Y no puedo decirle que no al señor Katsaros. Papá me ha contado que ha habido problemas en el trabajo. No me ha dicho qué problemas, pero creo que su posi-ción en la empresa está en entredicho –Carissa apretó con fuerza la mano de su amiga–. Pero yo no podría casarme nunca con un hombre tan así. Katsaros tiene fama de estar con una mujer distinta cada semana. Además, Pierre y yo estamos enamorados y vamos a casarnos.

–¿Que os vais a casar? –Mina se quedó mirando fijamente a Carissa.

–Teníamos pensado casarnos en secreto el fin de semana que viene, a su regreso del viaje de negocios. Pierre dice que así su familia no podrá poner obje-ciones.

Pierre sumó puntos en opinión de Mina. Aunque

era un tipo encantador, nunca se había enfrentado a su estirada familia, que quería que se casara con alguien de la alta sociedad francesa.

–¡Pero no podré casarme con Pierre si me obligan a casarme con Alexei Katsaros! –exclamó Carissa llorando.

–¿Ha dicho Katsaros que quiere casarse contigo?

–Más o menos. Ha dicho que mi padre le ha hablado de mí y que está deseando conocerme. Cree que es posible que tengamos muchas cosas en común y que podríamos tener un futuro juntos –Carissa se mordió el labio–. Yo he intentado disuadirle, pero me ha interrumpido y me ha dicho que su gente vendrá dentro de una hora a recogerme. ¡No sé qué puedo hacer!

Mina frunció el ceño.

–Dime exactamente lo que te contó tu padre.

Mientras Carissa le hablaba, Mina se dio cuenta de que su amiga no había exagerado. En la actualidad, la relación del padre de Carissa con su jefe era tensa; después de años de trabajar en la empresa, parecía que Katsaros iba a despedirle. No obstante, Mina estaba en contra de que el señor Carter hubiera decidido utilizar a su hija para afianzar su posición.

Mina apretó los dientes mientras Carissa le contaba la conversación que había tenido con Alexei Katsaros. Él no la había invitado a su isla, se había limitado a informarle que iban a ir a recogerla para llevarla allí. La había tratado como si fuera una mercancía, no una persona.

Mina enfureció. Apreciaba enormemente la libertad de la que gozaba en París, lejos del mundo en el que las decisiones importantes las tomaba el cabeza de su familia, siempre un hombre.

—Lo malo es que no puedo hacer nada —dijo Carissa entre sollozos.

—Claro que sí. No pueden meterte en un avión a la fuerza, como tampoco pueden obligarte a casarte.

—Tengo que ir. Si no lo hago, ¿qué pasará con el trabajo de mi padre? Pero, si voy, ¿qué va a pasar con Pierre? Su familia encontrará la forma de impedir que nos casemos.

Mina deseó decirle a Carissa que se hiciera más fuerte e hiciera frente a la situación. Pero Carissa no era así. Además, su amiga quería mucho a su padre, a pesar de ser el responsable de que ella se encontrara en aquella situación. Además, por otras cosas que Carissa le había dicho, parecía que el señor Carter aún no se había recuperado del fallecimiento reciente de su esposa. Pero Alexei Katsaros no había tenido eso en cuenta, debía ser un tirano que solo pensaba en sí mismo.

—Ya me he hecho la maleta. No logro ponerme en contacto con mi padre, así que tendré que ir… Y dejar a Pierre.

Mina sabía que no podía permitir eso. Carissa era una chica muy dulce, pero débil. Entre Katsaros y Carter iban a destrozarle la vida. Sin embargo, ella sí podía darle tiempo a Carissa para que se casara con Pierre. Unos días, una semana como mucho.

—¿Cuánto falta para que vengan a por ti?

Justo en ese momento llamaron a la puerta. Carissa lanzó un gemido y agarró las manos de Mina.

Mina se puso en pie. Al contrario que lo que le

ocurría a Carissa, ella no tenía reparos en enfrentarse a quien fuera.

—No podemos localizar a Carter, señor. No está en casa.

Alexei agarró con fuerza el auricular y apretó los dientes. Pero se aguantó las ganas de estrangular a la persona al frente de su oficina en Londres, MacIntyre no tenía la culpa de que Carter hubiera escapado. Hacía tiempo que debería haber tomado cartas en el asunto, pero se había negado a creer en la culpabilidad de Carter. Ese hombre había estado a su lado durante años, la única persona en la que había confiado.

Por eso le dolía tanto que le hubiera traicionado. A él le costaba confiar en la gente. A su madre la habían traicionado y marginado, la habían convertido en una víctima y habían acortado su vida solo por ser demasiado confiada.

Alexei, en parte, se culpaba de ello. Había sido demasiado inocente, se había dejado engatusar por su padrastro y había llegado a creer que este les quería de verdad. Había convencido a su madre para que dejara entrar a ese hombre en sus vidas. Demasiado tarde, había descubierto que su padrastro le había engatusado con el fin de casarse con su madre para hacerse con el seguro de su difunto marido.

Pero ahora ya nadie podía acusar a Alexei de ser confiado.

Por eso era tan extraordinario que, a pesar de su precaución, hubiera confiado en Carter, que se había mostrado como el perfecto ejecutivo.

Hasta que su duplicidad salió a la luz.

–Manténgame informado. Quiero que el investigador informe sobre sus pesquisas a diario.

–Sí, por supuesto, señor.

Alexei cortó la comunicación y se pasó una mano por el cabello. Después, se puso en pie y comenzó a pasearse por la estancia, ignorando la vista desde la ventana de la blanca arena y las aguas color turquesa del mar. No quería estar en el Caribe, por tranquila y paradisiaca que fuera su isla. Quería estar donde estuviera Carter. Ese hombre había causado grandes estragos: no tanto como para poner en peligro su negocio, pero suficiente como para que se rumoreara que Alexei Katsaros se había dejado engañar.

A pesar de que su política era contratar siempre a los mejores y más innovadores profesionales en su campo, él, Alexei Katsaros, era su empresa, en cuanto a los mercados se refería. Había trabajado duro para conseguir llegar a formar una de las empresas líderes en el sector de la informática. Haberse dejado engañar por Carter había dañado su imagen y la posición de la empresa.

Maldito Carter. ¿Dónde se había escondido?

Alexei se detuvo en seco al oír un vehículo aproximarse.

Por fin. El as que se guardaba en la manga.

Se acercó a la ventana y vio el vehículo de tracción a cuatro ruedas detenerse. Henri, el conductor, abrió la puerta; pero antes de que le diera tiempo a salir, otra puerta se abrió y una persona salió con la rapidez de una bala.

Alexei frunció el ceño. No, no podía ser ella, pensó al ver a Henri, por fin, abrir el maletero y sacar una sola maleta de color rosa. Esa no podía ser la hija de Carter. Había esperado una obsesionada de la moda con montones de maletas.

Clavó los ojos en la esbelta mujer que, con las manos en las caderas y la cabeza hacia atrás, observaba su casa. Lejos de ser una adicta a la moda, como le habían dicho, esa mujer iba vestida como para… ¿qué? ¿Una clase de yoga?

De repente, lo comprendió.

Carter, al hacer la ridícula sugerencia de una unión entre su hija y él, no había dejado de hablar de una chica que apenas había mencionado durante años de trabajar en la empresa, haciendo énfasis en lo hermosa y dulce que era, además de su tendencia natural a complacer. Sin dejar de mencionar la aspiración de la chica de pintar cuadros entre visitas a boutiques. La chica vivía en París y jugaba a ser pintora; sin duda, subvencionada con el dinero que Carter le había robado.

Enfurecido, Alexei dejó de pensar en Carter para concentrarse en su hija, que, a juzgar por su atuendo, se tomaba sus pretensiones en serio, aunque no en lo que a complacer a un hombre se refería. Zapatos planos de color negro, mallas negras y una camiseta enorme de escote desbocado.

No era su estilo. Le gustaban las mujeres vestidas de mujer.

No obstante, a pesar de que Carissa Carter no era su tipo, no pudo evitar fijarse en las bien formadas piernas embutidas en un tejido negro. Piernas largas. La clase de piernas que le gustaba que le rodearan la cintura durante el acto sexual.

Repasó el cuerpo de la mujer con la mirada. Un cuerpo delgado. A él le gustaban las mujeres con más curvas.

En ese momento, ella ladeó la cabeza y la vio de frente. Estaba demasiado lejos para verla bien, pero sintió un súbito pálpito en el vientre.

No podía ser atracción, no podía gustarle la hija de un delincuente. Por supuesto, no había pruebas de que Carissa Carter estuviera enterada de los delitos de su padre, pero se había beneficiado de ellos. Quizá incluso hubiera sido cómplice de su padre con el fin de llevar esa vida fácil que llevaba en París.

Alexei no podía fiarse de ella. Iba a representar el papel de pretendiente, fingiendo estar interesado en conseguir una esposa.

¡Como si necesitara intermediarios para encontrar a una mujer!

No quería allí a esa mujer, excepto como cebo para pillar a Carter. El hecho de que ella hubiera aceptado ir a la isla significaba que estaba dispuesta a venderse, a casarse con un hombre al que ni siquiera conocía. Lo que sí debía saber era el tamaño de su cuenta bancaría, que solía aparecer en las listas de los hombres más ricos del mundo.

Iba a ser divertido verla intentar seducirle.

Capítulo 2

MINA estaba acostumbrada al lujo, había nacido en el seno de una familia real. Sin embargo, la riqueza y los privilegios de su familia iban acompañados del sentido del deber y responsabilidades. El palacio en el que se había criado había sido el centro administrativo de su país.

Pero esto era puro sibaritismo.

Como si una isla tropical con playas de arena blanca no bastara, la casa de Alexei Katsaros era lo último en lujo. Una piscina rodeaba el edificio, desde todas las ventanas se veía el agua. También había un bar al lado de la piscina y tumbonas con dosel. A través de la vegetación pudo ver esculturas talladas en piedra…

Conteniendo el deseo de ir a dar un paseo por el jardín, volvió a pasear la vista por la casa. La enorme puerta de la entrada estaba abierta. A su lado, Henri esperaba para que le siguiera.

Mina asintió y le siguió hasta la entrada. Allí, la esposa de Henri, Marie, la saludó con una sonrisa que le iluminó los ojos.

—Alexei está deseando conocerla, pero quizá antes quiera asearse, ¿no?

Mina sonrió y negó con la cabeza. El viaje en el avión privado había sido de todo menos pesado.

–Gracias, pero no es necesario. Yo también estoy deseando conocer a mi anfitrión.

–Estupendo –dijo una voz profunda a espaldas de Marie.

Aquella voz la envolvió como una capa de terciopelo. Sintió un profundo calor en el bajo vientre y tuvo que hacer un esfuerzo para mantener la expresión neutra. Muy despacio, consiguió relajar los músculos al tiempo que esbozaba una fría sonrisa.

–Señor Katsaros. Encantada de conocerlo... por fin.

–¿Por fin, señorita Carter? ¿Había estado esperando para conocerme? Creía que el viaje había sido rápido, ¿no? –la sombra de una sorpresa indolente y la forma como arqueó las cejas le dio un aire de superioridad.

–Sí, por supuesto, el viaje ha sido increíblemente rápido. Ni siquiera he tenido tiempo para comprobar si no tenía otras obligaciones antes de que me trajeran aquí. Ni me ha dado tiempo a encargar a nadie que se pase por mi casa.

Mina se interrumpió y frunció el ceño antes de añadir:

–Espero que la fruta que compré no se pudra mientras estoy aquí. Ni que la leche se estropee –Mina se permitió sonreír ampliamente–. Pero lo comprendo. Usted debe estar acostumbrado a conseguir lo que quiere en el momento. No podía perder el tiempo para enviarme antes una invitación o para preguntarme si era un buen momento para mí venir aquí ahora.

La frente de él, bajo un espeso cabello negro, se arrugó. Al instante, Mina alzó una mano.

–Por supuesto, no tiene importancia. Sé lo valioso que es su tiempo. Al fin y al cabo, ¿qué podría yo tener que hacer que fuera tan importante como venir aquí?

A sus espaldas, Mina oyó a Henri emitir un sonido sospechosamente parecido a una ahogada carcajada. Después, Henri murmuró algo respecto a llevarse el equipaje de ella y, prudentemente, se marchó de allí con su esposa.

Mina y Alexei Katsaros se quedaron solos.

De ser una mujer propensa a tener miedo, ahora estaría aterrorizada, ese hombre la miraba como un cazador a su presa. Además había que tener en cuenta el tamaño de él, no solo su altura sino también su musculatura. Estaba claro que Alexei Katsaros no pasaba todo el tiempo sentado detrás de su escritorio. Sus muslos, enfundados en unos viejos pantalones vaqueros, se asemejaban a los de los esquiadores, duros y fuertes.

–Así que… ¿está preocupada por la comida que ha dejado en su casa? –Alexei arqueó una ceja–. Si lo desea, señorita Carter, enviaré a alguien para que vaya a su casa y se encargue de la comida.

–Es usted muy amable, señor Katsaros –Mina pestañeó intencionadamente, imitando a Carissa, pero dejó de hacerlo al momento. Jamás había coqueteado así y no iba a hacerlo ahora.

–¿Se le ha metido algo en el ojo, señorita Carter? –preguntó él sonriendo, y Mina se dio cuenta de que se estaba riendo de ella.

Sorprendentemente, Mina tuvo que hacer un esfuerzo por reprimir una sonrisa. Alexei tenía razón, ese intento de coqueteo no le llevaría a ninguna parte. Tenía que ser ella misma.

–Arena, probablemente –Mina parpadeó–. Culpa mía, he insistido en hacer el trayecto en el coche con la ventanilla abierta para disfrutar la brisa del mar.

Carissa jamás habría permitido que el viento le estropeara el peinado, pero Alexei Katsaros no sabía eso. Ella tendría que contentarse con fingir ser la versión Mina de Carissa: menos insegura, menos femenina, menos dispuesta a dejarse manipular.

–Gracias por ofrecerme enviar a alguien a mi casa, pero no me agrada que unos desconocidos me invadan mi hogar. Lo comprende, ¿verdad?

Sí, claro que la había comprendido. La sonrisa había desaparecido del rostro de Alexei al darse cuenta de que ella se había referido a los empleados de él que la habían sacado del piso de Carissa para llevarla a la isla.

–¿Le han molestado mis empleados? ¿Se ha sentido violentada en algún momento? –preguntó él.

¿Acaso ese hombre pensaba realmente que no podía haberle molestado que unos guardaespaldas armados se la hubieran llevado?

Mina recordó el miedo y las lágrimas de Carissa. ¿Qué habría hecho su amiga al tenerse que enfrentar a esos hombres enormes de fría mirada y trajes impecables?

Por supuesto, habían sido sumamente educados, pero Mina había notado en ellos la misma actitud que los escoltas de su padre. Bajo un aspecto civilizado se escondían hombres entrenados para el uso de la fuerza. De haberse negado a ir, la habrían llevado a rastras al avión.

–No, nadie más me ha violentado cuando estaba con ellos –Mina hizo una pausa para permitir que él asimilara el sentido oculto de sus palabras. ¿Comprendería Alexei Katsaros que esos hombres eran en sí una amenaza?

Pero la expresión de él no se alteró.

Claramente, Alexei no tenía idea de lo aterrador que podía ser para una mujer que unos hombres de expresión implacable la metieran en un coche.

De repente cansada, Mina contuvo un suspiro. A ese hombre le daba igual cómo se pudiera sentir, tanto si lo comprendía como si no.

–Sus empleados han sido educados e increíblemente… eficaces. Estoy segura de que nunca le han enviado un paquete con tanta rapidez.

Mina apartó la mirada de él y paseó los ojos por el vestíbulo de mármol, fijándose en la estatuilla de las islas Cícladas que había en un nicho en la pared del fondo. El interés por la estatuilla le aceleró el pulso, pero no podía permitirse ninguna distracción. Despacio, se volvió hacia su anfitrión, cuyas manos se habían cerrado en puños.

Alexei Katsaros dio un paso hacia delante y a Mina se le erizó el vello del cuello. Así de cerca, se dio cuenta de que los oscuros ojos de ese hombre eran verdes, opacos e intrigantes. Jamás había visto unos ojos así. Se quedó deslumbrada momentáneamente. Después, volvió a centrarse en la conversación.

–Me gusta organizar mis viajes, señor Katsaros. Espero que lo comprenda.

Alexei la comprendía perfectamente.

Esa mujer le estaba presionando, sin saber que estaba jugando con fuego. ¿O acaso creía que podía hacer lo que quisiera por el simple hecho de que él, supuestamente, quería casarse?

Se preguntó si la hija de Carter no sería una mimada princesita. Por lo que sabía, llevaba años viviendo de su padre e, indirectamente, de él.

Ahora sabía, de primera mano, que Carissa Carter estaba acostumbrada a salirse con la suya. Sin duda, mimada hasta la saciedad. Su padre la había conducido a esperar casarse con un hombre rico y parecía segura de que iba a conseguirlo.

Sin embargo, lo que ella le había dicho le preocupaba. ¿Se había sentido realmente amenazada por sus empleados de seguridad? Él apenas notaba ahora su presencia, la consideraba parte de su vida normal.

Se quedó mirando a la mujer que no dejaba de sorprenderle, no solo por su sencillo atuendo ni por su acento, distinto al que le parecía haber oído por teléfono, aunque esto último podía deberse a alguna interferencia en la línea. Había imaginado a alguien más dispuesta a congraciarse con él.

Carissa Carter era más compleja de lo que había supuesto.

Era una mujer segura de sí misma, pero no en el sentido de estar acostumbrada a que los hombres la admirasen. Poseía una elegancia natural que rayaba en la condescendencia. Y eso le intrigaba. Igual que la inteligencia que brillaba en esos ojos de color dorado y en el sentido implícito de su conversación.

Había imaginado que la hija de Carter no iba a resultarle interesante. Carter le había dicho que era una chica dulce, nada incisiva, y que no entendía nada de negocios. Y él, por su parte, había supuesto que sería bonita, pero vana.

¡Cómo se había equivocado!

También le había sorprendido su aspecto. Con cabellos oscuros, ojos luminosos y boca expresiva, no se parecía a Carter en nada. La piel de esa mujer era dorada, no pálida, y lo miraba sin disimular su curiosidad.

Esa mujer despertaba en él un deseo que se le agarraba al vientre. Recordándole que, a pesar de los problemas con el padre de ella, era un hombre vigoroso con apetito sexual.

Alexei respiró hondo y se quedó fascinado al ver que, a pesar de sus veladas protestas, Carissa Carter se sentía atraída por él. Lo veía en sus ojos, en sus pupilas dilatadas. Fue entonces cuando la vio parpadear y mirar hacia otro lado con fingida indiferencia.

–Pero pase, por favor. Le ruego me disculpe por haberla tenido aquí en el vestíbulo tanto tiempo –Alexei sonrió mientras la veía arrugar el ceño, como si tratara de evitar reaccionar a su proximidad. Fascinante.

Alexei, con un gesto, indicó a su invitada que le acompañara al cuarto de estar principal.

–Gracias –respondió ella.

Alexei olió el perfume de ella al pasar por su lado.

Otra sorpresa. Había esperado aroma a caro perfume, nada parecido a lo que acababa de oler; en vez de dulzura floral, la fragancia que ella despedía evocó aromas del Próximo Oriente: canela y especias que le hacían pensar en seductoras mujeres cubiertas con velos.

La vio entrar en el cuarto de estar con andares típicos de una persona con natural seguridad en sí misma, como si estuviera acostumbrada al lujo. Algo que no debería extrañarle, dada la propensión al robo de su padre.

Alexei notó que ella se fijaba en una antigua escultura contra una de las paredes. Era el torso de un hombre joven, obra de un gran maestro. Ella se puso tensa y respiró hondo. Un segundo después, se plantó delante de aquella obra de arte y extendió la mano hacia la escultura antes de bajar el brazo de nuevo.

—Es magnífica —dijo ella en tono reverente.

Alexei la comprendió, él también adoraba aquella escultura.

Hizo una mueca con la boca. En contra de sus expectativas, encontraba a Carissa Carter… interesante. Quizá no le resultaría difícil fingir interés en ella hasta que apareciera su padre.

—Encontraron esa escultura en el fondo del mar.

Como si las palabras de él hubieran roto el momento de observación artística, ella se volvió.

—Tiene usted una casa muy bonita, señor Katsaros —dijo ella con voz grave y musical, no aguda y estridente como le había parecido por teléfono; aunque, probablemente, esto se hubiera debido a lo inesperado de la invitación.

Alexei apretó los labios. Ella tenía razón, no había sido una invitación, sino una orden. Carissa le había acusado veladamente de ser un bruto y eso le había irritado. No obstante, la situación exigía rápida solución. No podía perder el tiempo.

Carissa arqueó las cejas al ver que él no le había respondido.

–Alexei. ¿No será mejor que nos tuteemos?

–Gracias, Alexei –al pronunciar su nombre, Alexei sintió algo extraño, como si ella le hubiera acariciado el pecho y hubiera bajado la mano hasta su vientre–. Llámame Carissa.

–Carissa –repuso él, y vio cómo se oscurecían los ojos de ella. Contuvo un temblor al darse cuenta de que esa mujer se sentía atraída por él–. Tienes un acento extraño, no se parece al de tu padre.

La vio ponerse tensa al momento, aunque lo disimuló. Intrigante.

–Mi padre tiene acento de Inglaterra. Pero como viajábamos mucho cuando yo era pequeña, supongo que el mío es una mezcla.

Alexei notó cómo se obligaba a sostenerle la mirada, lo que le hizo preguntarse qué era lo que ocultaba esa mujer.

–Tu acento también es peculiar –dijo ella rápidamente, como si quisiera desviar su atención.

A Alexei le sorprendió que su interés por Carissa estuviera aumentando por momentos, a pesar de la fijación que tenía por localizar y castigar a su padre.

Con un gesto, indicó a Carissa que se sentara. Él la imitó, sentándose en un sillón de cuero.

–Mi madre era rusa y mi padre griego, fui a vivir

a Londres cuando era pequeño —Alexei se encogió de hombros—. A mí me pasa lo mismo que a ti, mi acento es una mezcla.

En realidad, lo que había aprendido de pequeño era un acento callejero. Había pasado una buena parte de su vida en lugares precarios en los que predominaba el lenguaje de pandillas violentas que imponían su voluntad a fuerza de intimidar a la gente.

En silencio, Carissa asintió. En contraste con la sencilla ropa que llevaba, su compostura era impecable. El largo y delgado cuello de Carissa le hacía pensar en el de una bailarina de ballet, al tiempo que sus aires regios la hacían merecedora de una tiara.

—Dime, Carissa, ¿has tenido noticias de tu padre?

—Pero… ¿no está aquí? —preguntó ella con una expresión que le resultó imposible interpretar.

—No, aunque espero que venga pronto.

Tan pronto como Ralph Carter se enterase de que su querida hija estaba en su isla privada, se presentaría allí con la esperanza de que el matrimonio que había sugerido le librara de la ira de él.

Y si eso no funcionaba, Alexei tenía a la perfecta rehén para sacarle de su escondrijo.

—Ah, ya veo —Carissa se mordió el labio y después le dedicó una pequeña sonrisa—. Me encantaría que viniera.

Una vez más, la mirada de Carissa indicó que ella escondía algo. Pero… ¿qué?

—Entonces, ¿no has hablado con él?

—No. Tiene el móvil desconectado. ¿Te urge hablar con él?

Alexei contuvo su impaciencia. El deseo de venganza contra la única persona en la que había confiado desde hacía años no había disminuido. Una profunda ira le retorcía las entrañas. No podía creer lo estúpido que había sido al permitir que Carter le engañara.

–No, en absoluto. Entretanto... tendremos tiempo para conocernos mejor –algo que le tentaba cada vez más.

Carissa cambió de postura en el asiento, la primera señal de nerviosismo que daba. Intrigado, Alexei la miró con atención.

–Quiero que lo pases bien aquí, Carissa. Si te apetece algo en particular, lo que sea, dímelo.

–Es muy amable de tu parte, Alexei. Y has sido muy generoso al permitirme pasar unas vacaciones aquí, en este lugar paradisíaco.

No le pasó desapercibido el cambio de actitud en ella. Apenas hacía quince minutos que Carissa se había quejado de la forma en que la habían llevado allí. ¿A qué se debía ese cambio?

No notó miedo en ella, sino precaución, como si se sintiera confusa. Así que... no debía estar tan segura de sí misma como había creído él.

Pero su objetivo no era Carissa, sino el padre de ella. No obstante, le causó satisfacción notar que la altiva señorita Carter tenía dudas respecto a su situación. Si era como su padre, no le vendría mal enterarse de que no podría salirse con la suya. Sobre todo, si había pasado los últimos años viviendo del dinero que su padre le había robado a él.

–Dado lo especial de la situación, no lo considero amabilidad.

Ella se quedó muy quieta. Parecía como si no pudiera respirar.

–¿Lo especial de la situación?

–Claro –Alexei sonrió–. Al fin y al cabo, vamos a casarnos.

Capítulo 3

AMINA se le secó la garganta mientras observaba cómo la sonrisa de Alexei le transformaba el rostro. No era una educada expresión de amistad ni divertimento. Era una sonrisa que solo podía describirse como peligrosa.

Incluso le pareció que Alexei estaba dispuesto a clavarle los dientes.

Mina tembló mientras un intenso calor le subió por el cuerpo. Era repugnancia, por supuesto. Ella no era un plato destinado a satisfacer el apetito de ese hombre.

No obstante, pensándolo bien, Mina se dio cuenta de que su propia respuesta no era tan simple. Los pezones se le irguieron. Atónita, se dio cuenta de que se debatía entre la ira y la excitación.

Era como si quisiera dar satisfacción a los apetitos animales de Alexei Katsaros… y a los suyos también.

Consciente de ello, clavó las uñas en los brazos del sillón y se echó hacia atrás mientras él la observaba como si fuera un hombre que acabara de comprar a una mujer.

Le detestaba. Sin embargo, a pesar de lo indignada que estaba, también sentía excitación.

Por fin, cuando superó su sorpresa, la expresión predadora de él había desaparecido. ¿No habrían sido imaginaciones suyas?

Mina no era una experta en las cuestiones de sexo, pero había tenido unos cuantos admiradores. Hombres a los que se había resistido con facilidad. Por algún motivo, le gustaban como amigos, pero nada más. Sin embargo, sabía lo que era el deseo sexual.

En ese momento, lo estaba viendo en el semblante de él.

—Acabamos de conocernos —dijo ella con frialdad.

—Fue tu padre quien sugirió que haríamos buena pareja. Me dijo que tú habías accedido. ¿Estás diciéndome que no es ese el caso?

Mina tragó saliva, no sabía cómo responder. Durante el viaje a la isla, no había dejado de repetirse a sí misma que Carissa estaba equivocada, que no era posible que Alexei Katsaros quisiera casarse con ella. Ese hombre no necesitaba casarse con una desconocida. Era rico, tenía éxito en los negocios y era guapo.

Pero también era impaciente, obstinado y egocéntrico si su idea de casarse era ordenar a una mujer que fuera a su isla sin darle otra alternativa.

¿En qué lío se había metido? No era posible que él la hubiera hecho allí para celebrar su boda.

Consternada, pensó que, si ese era el caso, la farsa acabaría nada más empezar. Se obligó a respirar hondo y a pensar.

—Mi padre mencionó la posibilidad de que nos casáramos, pero…

—¿Pero?

–¡No nos conocemos! No puedo casarme con un hombre al que no conozco.

Él no respondió, se limitó a cruzarse de brazos, un movimiento que atrajo la atención de ella a ese fuerte torso y a esos pronunciados bíceps. Era un hombre con un físico capaz de intimidar a cualquier mujer sin un carácter fuerte.

–En ese caso, ¿para qué has venido? ¿Para conocerme?

–¿Tan extraño te parece? –respondió Mina sin vacilar–. Un matrimonio es un compromiso para toda la vida.

La sombra de una sonrisa cruzó el semblante de Alexei.

–Es una idea… agradablemente conservadora.

–El matrimonio es una cosa muy seria. ¿Qué sentido tiene casarse si uno no se plantea que la unión sea duradera? –el matrimonio era importante para ella. Su madre se había casado con el jeque de su país por decreto de su familia, no por amor. Y había sido un matrimonio desdichado.

–Comprendo tu punto de vista –Alexei asintió.

–En ese caso, comprendes que necesito tiempo para decidir si casarme contigo sería o no una buena idea. Estoy segura de que a ti te ocurre lo mismo.

–¿Que quiera saber si somos compatibles? –Alexei no se movió ni su expresión se alteró, pero sí le brillaron los ojos.

Mina sintió calor en todo el cuerpo. Un calor que la consumió bajo el intenso escrutinio de la mirada de él.

¿Cómo lo hacía?

Y más importante, ¿por qué reaccionaba ella así?

Mina se fijaba en los hombres, pero nunca la habían seducido ni la habían llevado a la cama. La vida la había hecho reacia a dejarse controlar por un hombre. Antes de morir, su padre había decidido cómo iba a ser su vida, sin darle elección, ni a la hora de elegir su propia ropa ni siquiera en lo referente a los estudios. Desde su traslado de Jeirut a París, se había entregado por entero al arte, su verdadera pasión. Ningún hombre había logrado distraerla de su objetivo.

Pero ahora… No, no podía dejar que ese hombre la desviara de su camino.

Mina alzó una mano con gesto perezoso.

–Antes de pensar en el asunto de la compatibilidad, sería mejor ver si podríamos vivir juntos sin acabar matándonos el uno al otro.

Alexei lanzó una carcajada.

–Tienes razón, Carissa –la luz que apareció en los ojos de él le dio un aspecto completamente diferente, el de alguien al que ella quería conocer.

Mina se puso tensa.

Nada más conocer a Alexei le había ocurrido algo extraño, algo que no le había ocurrido nunca. Se había sentido turbada y la seguridad que tenía en sí misma se había visto alterada. Sospechaba que, si él decidía ser agradable con ella, le resultaría muy fácil someterse a sus encantos.

De repente, cuando sus ojos se encontraron con los sonrientes de él, los acontecimientos de las últimas doce horas le pesaron.

Se sentía agotada. La adrenalina la había mantenido en pie. Ahora, las piernas le temblaban y la cabeza le daba vueltas.

Tenía que salir de aquella estancia antes de cometer algún error. No podía pensar con claridad. La penetrante mirada de ese hombre podría provocar en ella un desliz; sobre todo, teniendo en cuenta que no estaba acostumbrada a mentir.

Si Alexei Katsaros descubría la verdad, todos sus esfuerzos no habrían servido de nada. Carissa necesitaba tiempo para escapar con Pierre.

—Perdona, vas a tener que disculparme —Mina se llevó la mano a la boca para cubrir un bostezo—. De repente me siento muy cansada.

—¿No has dormido durante el vuelo? —preguntó él con aparente sorpresa.

Mina sacudió la cabeza. A pesar de la cómoda cama del avión, no había logrado dormir.

—Ha sido un día muy largo —Mina se miró el reloj—. Llevo más de veinticuatro horas sin dormir.

Hora de retirarse y descansar antes de cometer alguna imprudencia.

—Lo siento, Alexei, pero tengo que dejarte —Mina se puso en pie, sorprendida del esfuerzo que le costó levantarse. Las rodillas se le doblaron y, durante un segundo, se sintió mareada—. ¿Te importaría decirme dónde está mi habitación? Por favor.

Él se acercó a ella y arrugó el ceño.

—Te has puesto muy pálida.

—Estoy bien —mintió Mina. ¿Cuánto tiempo hacía que no comía? En el avión no había querido probar bocado, solo había tomado café—. Si me dices dónde está…

Al ver que Alexei no la contestaba, Mina se dio media vuelta de cara a la entrada, recordaba que Henri había seguido por un pasillo desde el vestíbulo.

Al volverse, medio mareada, se tropezó con el borde de la alfombra. No se cayó, simplemente se detuvo, y su cuerpo se balanceó.

–Ahora mismo te llevo –le dijo él al oído, sorprendiéndola.

Entonces, Alexei se agachó y la levantó en sus brazos.

Mina contuvo la respiración y después soltó el aire en un suspiro. La sensación era extraordinaria. Nadie nunca la había sujetado así. Sintió emociones contradictorias: aturdimiento, placer y un inesperado deseo de pegarse aún más al cuerpo de él. Como si Alexei fuera alguien de quien se podía fiar. O desear.

–Esto no es necesario –dijo ella con voz seca, en completo contraste con la extraña sensación en el bajo vientre.

Alexei ignoró sus palabras y la sacó del cuarto de estar. Con cada paso que él daba, Mina sintió su cuerpo balancearse al ritmo del de él. En otras circunstancias...

En otras circunstancias aquello no habría ocurrido. Nunca.

–Gracias por tu amabilidad, pero prefiero andar –declaró ella.

Alexei se detuvo, bajó la cabeza y la miró, y en la mente de ella se imprimió la imagen de la dura perfección de la mandíbula de él, un estudio en obstinada fuerza. Los pómulos pronunciados de él indicaban un linaje eslavo.

Algo cobró vida en el vientre de Mina. Algo que aumentó al inhalar el aroma a cedro y a cítricos que el cuerpo de él despedía.

Mina se llevó una gran sorpresa al ver que a Alexei se le oscurecían los ojos y se le dilataban las pupilas. Y esa ardiente mirada le calentó todas las partes del cuerpo.

Cuando él habló, el sonido de su voz vibró en todo su cuerpo. Mina jamás había sentido nada tan íntimo como la voz de él haciéndole vibrar el cuerpo mientras la devoraba con los ojos.

—Tranquila, no voy a hacerte daño.

A pesar de saber que Alexei no iba a soltarla, Mina no pudo ignorar una voz interior que le gritaba que escapara. Alexei Katsaros era peligroso, fueran las que fuesen sus intenciones.

—Prefiero caminar. Por favor, déjame en el suelo —dijo ella, ya sin sentirse cansada.

—¿Para que te marees y te caigas? —dijo Alexei sacudiendo la cabeza—. Jamás me lo perdonaría.

Alexei continuó andando, con ella en los brazos.

—Puede que no lo sepas, Alexei, pero las mujeres somos capaces de pensar por nosotras mismas. No nos gusta que los hombres decidan por nosotras. Yo…

—¿Es eso lo que piensas de mí? —preguntó él sin detenerse ni disimular su enfado—. Lo único que estoy haciendo es cuidar de una invitada que está agotada y evitar que se haga daño.

Mina contó hasta diez. Sabía que no podía forcejear con un hombre que pasaba con creces el metro ochenta de estatura. Si Alexei había decidido no soltarla, ella no podía hacer nada. Lo que la enfureció y la hizo maldecir en silencio. Después, con un esfuerzo, apartó los ojos de aquella irritante y perfecta barbilla, y los clavó en las sombras y las luces del techo de un pasillo.

—Al fin y al cabo –continuó él–, como tú has dicho con suma elocuencia, ha sido culpa mía que el viaje fuera tan… precipitado. De haber prestado más consideración a tu comodidad, habría organizado el viaje de otra manera y habría puesto una cama más cómoda en el avión. Haré que la cambien inmediatamente.

—Eso no es necesario. La cama era muy cómoda –respondió Mina con voz débil. No estaba dispuesta a perder el control porque él lo interpretaría como una victoria personal.

—En ese caso, me sorprende que no hayas podido dormir. Quizá… quizá no hayas podido dormir debido a que la idea de verme te tenía excitada.

¡Excitada! Mina respiró hondo. Después, se quedó muy quieta ya que el movimiento la había hecho más consciente de la mano de Alexei en sus costillas, cerca de uno de sus pechos.

—Quizá no haya podido dormir por estar ocupada contactando a gente con la que me había citado debido a que no había tenido tiempo para hacerlo antes de subirme al avión –declaró ella lanzándole una gélida mirada con la que solo consiguió hacerle sonreír.

—Ah, sí, claro, no había tenido en cuenta tu apretada agenda –sin cambiar de expresión, el tono de Alexei reveló lo poco probable que creía lo que ella acababa de decirle.

Mina no se molestó en darle más explicaciones.

Aunque no dirigiera una multinacional, tenía muchas cosas que hacer: estaba preparando una exposición y trabajaba de voluntaria en una guardería de niños con minusvalías, en terapia artística. Además, realizaba algún trabajo administrativo en una casa de acogida de mujeres y una perfumería de Jeirut y otra de París le habían encargado el diseño de unas botellas de perfume.

A punto de perder la paciencia, Mina dijo:

–Alexei, lo digo en serio, suéltame. ¡Ahora mismo!

Mina vio el brillo blanco de los dientes de él y una chispa en sus ojos antes de que los brazos de él la soltaran y la dejaran caer.

–Como digas, princesa –dijo Alexei mientras ella aterrizaba en una cama y los ojos de Alexei se reían de ella.

Mina logró incorporarse hasta sentarse en la cama, agarró un cojín y, con un rápido movimiento, se lo tiró a Alexei y le dio en la barbilla.

–Y da gracias que solo haya sido un cojín. Tengo tan buena puntería como cualquier hombre. Y ahora, si no te importa, márchate y déjame descansar.

Maldición. Maldición. Maldición.

Alexei se alejó de la zona de la casa para invitados y se dirigió a sus habitaciones.

¿Qué le había pasado? En media hora de estar con Carissa Carter se había debatido entre ira, atracción, comprensión y divertimento. Y todo ello en exceso. Siempre había controlado sus emociones, nunca se había dejado llevar por ellas.

Carissa Carter le había impresionado. Había supuesto que sería una niña bonita mimada, avariciosa y a quien solo le importaba llevar una vida fácil. Sin embargo, se había encontrado con una mujer ingeniosa, irónica y atractiva. Ridículamente atractiva, dada la ropa tan poco femenina que lucía.

En Carissa Carter, las camisetas grandes y las mallas revolucionaban sus hormonas. ¡Y qué boca!

También era dulce. Había notado la aceleración del pulso de ella al sostenerla en sus brazos, a pesar de fingir indiferencia, y cómo se le habían dilatado las pupilas. La había visto confusa, a pesar de la ironía y el comportamiento desafiante que había demostrado. Incluso le había encantado la admiración que ella había mostrado por la escultura en el cuarto de estar.

¿Qué ocurriría si se metía en la cama con ella? No recordaba haber sentido la necesidad de satisfacer el deseo sexual con tanta urgencia.

Pero… ¿realmente quería tener relaciones sexuales con la hija de Carter?

La razón le decía que no, el instinto le gritaba que sí.

Lo que era un motivo excelente para abandonar la idea. Al margen de que él jamás se aprovechaba de las mujeres vulnerables.

Alexei se pasó una mano por el mentón al entrar en sus habitaciones. Se dirigió a la ventana directamente y contempló la piscina infinita y, más allá, el mar.

Se sentía culpable. La acusación de Carissa Carter respecto al modo como él la había hecho llegar hasta allí era acertada. Se dio cuenta de que se había comportado como un chiquillo.

No, Carissa Carter no era como él había imaginado que sería.

Se acarició la mandíbula y la barba incipiente le recordó que necesitaba un afeitado. No debería permitir que esa mujer le distrajera. El papel que ella jugaba en sus planes era accesorio.

Pero, hasta que Carter no llegara, no podía poner en marcha esos planes. No obstante, había dado los pasos necesarios para controlar el daño causado por Carter. Pero, de momento, disponía de tiempo libre para averiguar lo que pudiera sobre su futura esposa.

Alexei arrugó el ceño. Había imaginado que Carissa estaría deseando casarse con él. La idea había sido de su padre, sin duda desesperado por cimentar una relación que, supuestamente, le libraría de las consecuencias de sus actividades delictivas. El hecho de que esa mujer de veintitantos años estuviera dispuesta a participar en el plan de su padre indicaba que era una mujer vana dispuesta a casarse por dinero.

Muchas mujeres habían intentado casarse con él; no por amor, sino por dinero. Alexei no se engañaba a sí mismo, sabía que no les había atraído ni su carácter ni su sentido del humor. A algunas les había gustado físicamente, pero el dinero había sido el factor decisivo.

Sin embargo, Carissa no le había dado un sí definitivo.

¿Por qué? ¿Quería hacerse de rogar pensando que así él la apreciaría más?

Disgustado consigo mismo, Alexei se metió las manos en los bolsillos. En su deseo de hacer salir a Carter de su escondrijo, no se había molestado en investigar a su hija. Se había dejado llevar por la furia que le había provocado que la única persona de la que se había fiado después de la muerte de su madre le hubiera traicionado.

Esa herida no se cerraría hasta que Carter no pagara por lo que había hecho. No era tanto una cuestión de dinero sino de traición.

Carter se había reído de él, le había engañado, le había manipulado hasta hacerle confiar en él. Y no solo como profesional.

Alexei se había fiado de Carter porque le había recordado a su padre.

Al igual que su padre, Carter daba la impresión de ser una persona taciturna, pero siempre sonreía al hablar de su familia. Sorprendentemente, Carter solía ladear la cabeza de la misma forma que su padre antes de morir, cuando él apenas tenía seis años.

También le había engatusado con la absoluta devoción y entrega de Carter hacia su esposa, que había fallecido de una enfermedad incurable. Le había conmovido verle hacer todo lo posible por ella, a lo que había que añadir su inesperada debilidad por los retruécanos y su escrupulosa honestidad, lo mismo que su padre.

Alexei sacudió la cabeza. ¡Escrupulosa honestidad!

Durante años, su lema había sido no confiar en nadie. Su madre y él habían sido víctimas de un estafador, su padrastro. Después de él, prestamistas, patronos, propietarios de viviendas y demás aves de rapiña se habían aprovechado de la vulnerabilidad de su madre hasta que, por fin, la desilusión y el sentimiento de pérdida la habían aplastado.

Alexei volvió a pasarse la mano por la mandíbula y volvió al presente, a la mujer que ocupaba una de las habitaciones de invitados.

Debería haber pedido informes sobre ella antes de hacerla ir allí. Lo único que recordaba de la conversación con Carter al respecto era que Carissa vivía en París y que estudiaba en una escuela de arte. También que le encantaba la moda, ir de compras y que no tenía cabeza para los negocios. Él había llegado a la concusión de que era una cabeza loca con pretensiones de artista. Una cabeza loca rubia, a juzgar por la foto de ella que Carter le había enseñado y en la que él no se había fijado.

En cuyo caso, Carissa Carter se había teñido el pelo. Otra cosa que sabía de ella.

Alexei pensó en pedir un informe sobre Carissa, pero… ¿para qué molestarse?

Carissa Carter estaba allí. Ya se encargaría él personalmente de averiguar todo lo posible sobre ella. Y estaba seguro de que le resultaría divertido.

Capítulo 4

MINA se miró en el enorme espejo del cuarto de baño y contuvo un gruñido. No se reconocía a sí misma.

Carissa le había dicho que el color rosa la tranquilizaba y la centraba. Una demostración de lo estresada que había estado era que lo que había metido en la maleta era de su color favorito. Casi todo era rosa: rosa caramelo, rosa palo de rosa, rosa cereza y más.

Mina rio a pesar de sí misma mientras se miraba al espejo. Llevaba una falda rosa caramelo con unas sandalias de tiras haciendo juego y una blusa rosa pálido con un logotipo plateado de la torre Eiffel y un libro abierto, el logotipo había sido un diseño que Carissa había hecho para un festival de libros en París, uno de sus primeros encargos.

¿Había decidido conscientemente Carissa llevar esa ropa para visitar a Alexei Katsaros? De ser así, había pensado en una ropa desenfadada e informal apropiada para una isla caribeña en vez de ropa de más vestir.

O… ¿era su amiga más astuta de lo que ella pensaba? Quizá aquel vestuario era su arma secreta, su forma de demostrar que no tenía madera para ser la esposa de un multimillonario.

El humor la abandonó en ese instante.

Carissa necesitaba ayuda, pero ella no sabía cómo manejarse con su anfitrión.

Sobre todo, con esa falda tan corta y una blusa más ceñida de lo que ella acostumbraba a llevar. Aunque no se avergonzaba de su cuerpo, lo llevaba mucho más tapado que su amiga. Además, Carissa era más baja que ella y tenía menos pecho.

Mina se encogió de hombros. Otras cosas le preocupaban más que mostrar tanto muslo. La única ropa que tenía era la que había llevado en el viaje, suya, y la que Carissa había metido en la maleta. Además, estaba en una isla tropical. Alexei Katsaros debía estar acostumbrado a que sus invitados fueran en pantalones cortos o en bañadores; o, dada su fama, a que fueran desnudos.

¿A cuántas mujeres hermosas había seducido allí?

Mina parpadeó al darse cuenta del derrotero que estaban tomando sus pensamientos. Aquello no era de su incumbencia. Con decisión, se recogió la melena en un moño, se dio media vuelta y se alejó del espejo.

Si Alexei la despreciaba por la ropa que llevaba o por no ser la mujer dócil que había esperado, mejor para ella. Estaba claro que no había esperado que ella tuviera opinión propia ni más de dos dedos de frente.

Mejor que Alexei dedicara su tiempo a dirigir su imperio económico que a ella. Ni siquiera se le había pasado por la cabeza que sería una buena idea conocer más a fondo a la mujer con la que tenía pensado casarse.

¡Sorprendente!

¡Increíble!

¿Qué clase de hombre pensaba así?

Uno que esperaba que todos se rindieran a sus deseos.

Mina guardó el secador de pelo que había utilizado y volvió al palaciego cuarto en el que había dormido durante horas.

No podía quedarse allí durante toda la vida. Había llegado el momento de enfrentarse a su anfitrión.

Le encontró en un porche de cuyo techo colgaba un ventilador cuyas aspas rotaban perezosamente. El mobiliario era de mimbre y los suelos de madera, confiriéndole un aspecto antiguo, aunque la casa era moderna.

Alexei estaba sentado en una tumbona escribiendo en una tableta electrónica. Tenía el cabello revuelto, como si se lo hubiera estado mesando, y la camisa desabrochada. Después de contemplar unos momentos el oscuro vello que salpicaba sus esculturales pectorales, apartó la visa.

No le gustó el hormigueo que sintió en el vientre. Lo había sentido ya, cuando él la llevaba en sus brazos. Ahora, lo sentía con solo mirarlo.

Con el ceño fruncido, Mina paseó la mirada por el jardín mientras trataba de controlar unas emociones que no podía identificar. Una escultura al otro lado de la piscina atrajo su atención.

—Estás despierta. Excelente —dijo él.

Con desgana, Mina se volvió hacia Alexei con una expresión neutra en su semblante. Sabía que la situación era difícil, pero había esperado que su reacción en presencia de ese hombre se hubiera debido a la fatiga, no a la atracción física.

El destino se estaba riendo de su ingenuidad.

Alexei se puso en pie.

—Por favor, no dejes de trabajar por mí. Volveré más tarde —dijo ella, encantada de poder retrasar estar a solas con Alexei.

—No, ya he terminado —Alexei le indicó los asientos a su alrededor y ella no tuvo más remedio que ocupar uno.

En vez de una tumbona, Mina eligió una silla y, al sentarse, la falda se le subió por el muslo. Contuvo el deseo de tirarse de la falda para cubrirse un poco más, cruzó las piernas a la altura de los tobillos y colocó los pies debajo de la silla. Evitó mirar a los ojos a su anfitrión, pero sintió los de él en ella y se turbó.

Mina levantó la cabeza bruscamente y miró a Alexei directamente a los ojos.

—¿Qué te apetece beber? —preguntó él en el momento en que Marie apareció en el porche.

—Algo fresco.

—¿Champán? ¿Un cóctel? ¿Ginebra con agua tónica?

Mina se miró el reloj. Eran las primeras horas de la tarde. Evidentemente, a los invitados de Alexei les gustaba beber. Por el contrario, ella necesitaba mantener la mente despejada. Además, no estaba de vacaciones. Se sentía demasiado agitada en compañía de Alexei Katsaros.

—Un zumo, gracias —respondió Mina sonriendo a Marie.

—Sí, señora. Y traeré también algo de comida.

Mina estaba a punto de replicar que no tenía hambre, pero se acordó de que hacía siglos que no comía nada. Un poco de comida la haría sentirse más fuerte. ¡Y mejor!

Marie se volvió hacia Alexei con gesto interrogante. A modo de respuesta, él sacudió la cabeza e indicó una jarra de agua con cubitos de hielo.

—Gracias, estoy bien.

Al parecer, Alexei esperaba que ella bebiera mientras él se contentaba con agua. Aunque, en realidad, no era de extrañar, había estado trabajando y no había construido un imperio económico emborrachándose.

Mina lanzó una mirada a la firme barbilla y a los firmes rasgos de Alexei Katsaros, que mostraban disciplina y control. Entonces, sus ojos se encontraron con los de él y él impacto la hizo temblar.

Sospechó que a Alexei también se le debía dar bien relajarse y disfrutar la vida. La sensualidad de esa mirada lograría perturbarla en extremo si no hiciera nada por evitarlo.

—Perdona que haya dormido tanto tiempo. No había…

Alexei alzó una mano, interrumpiéndola.

—Necesitabas descansar. ¿Has dormido bien? —una pregunta sencilla, una pregunta normal. Sin embargo, bajo el escrutinio de él, la piel se le erizó.

Mina se fijó en la postura relajada de Alexei, en su sonrisa, en la intensidad de su mirada…

—Sí, gracias. La cama es muy cómoda.

Fue entonces cuando se dio cuenta de lo que pasaba. Atracción sexual. Potente y peligrosa.

Mina parpadeó, pero mantuvo sereno el semblante, a pesar de que se estremecía por dentro. La fuerza de esa atracción la desconcertaba.

No era la primera vez que un hombre la atraía, pero no así, de esa manera.

Mina apoyó bien la espalda en el respaldo de la silla en un esfuerzo por tranquilizarse, por superar el miedo y la excitación. Lo que más le preocupaba era la excitación, dada su proclividad a las aventuras y los desafíos.

Pero no con ese hombre. No con un hombre que trataba a la gente como si fueran peones en un juego de ajedrez. Estaría loca.

—Soy yo quien debe pedirte disculpas —dijo él, sacándola de su ensimismamiento—. Siento haberte molestado al llevarte en brazos a tu habitación.

Mina volvió a sentir esa conexión, pero se negó a reconocerla. Y se limitó a inclinar la cabeza.

—Estabas preocupado por mí. Lo comprendo —respondió ella dando por zanjado el tema—. Por cierto, me gustaría pedirte un favor.

—Sí, claro —Alexei echó el cuerpo hacia delante, parecía haber estado esperando ese momento.

—¿Podría tomar prestado un coche? Necesito hacer unas compras —como ropa interior. Se negaba a llevar las bragas de encaje de Carissa.

—Me temo que eso no va a ser posible.

Mina alzó las cejas. ¿Iba a ser tan miserable como para negarle transporte?

—¿Te importaría decirme por qué no puedes prestarme un coche? ¿Crees que no sería capaz de conducir por aquí? —sabía conducir por carreteras sin asfalto, por puertos de montaña y dunas del desierto.

Apostaría a que sabía manejar un vehículo de tracción a cuatro ruedas mejor que él.

–No es eso. El problema es que no hay tiendas.

–¿Que no hay tiendas?

–No, ni una sola. Traemos todo lo que necesitamos por barco. Aquí no es fácil ir de compras a modo de terapia.

Mina reconoció la sonrisa de él como gesto provocador. ¿Estaba enterado Alexei de que Carissa era adicta a las compras? Su amiga se pasaba la vida buscando cosas de segunda mano para luego cambiarlas.

¿Qué sabía Alexei de la mujer con la que pensaba casarse? Hasta el momento, parecía esperar de ella que fuera sumisa, quizá no muy inteligente y derrochadora. Era una imagen errónea y no muy halagadora de Carissa, menos teniendo en cuenta que parecía dispuesto a casarse con ella.

Cada vez más, la idea de un matrimonio entre Carissa y él le resultaba más extraña.

–¿Carissa?

–¿Qué? –Mina parpadeó. No había prestado atención a lo que él había dicho.

–Si necesitas cosméticos, habla con Marie. También dispone de cremas de protección solar y de sombreros para los invitados.

Mina forzó una sonrisa.

–Gracias, pero no es eso lo que necesito.

–Hacia finales de la semana, cuando tu padre esté aquí, iremos a una de las islas más grandes para que puedas visitar boutiques.

¿Y eso iba a ser divertido? Mina no quiso pensar en la inevitable escena que iba a tener lugar cuando se descubriera la farsa. Esperaba que, para entonces, Carissa y Pierre estuvieran casados.

–¿No podría ir en barco antes? ¿Quizá esta misma tarde?

–¿Tan desesperada estás? –dijo Alexei ladeando la cabeza. Su expresión no cambió, pero se le abrieron las aletas de la nariz–. Me temo que no va a poder ser. Tendrás que esperar uno o dos días. Pero estoy seguro de que disfrutarás; según me han dicho, las boutiques de otras islas son excelentes.

–Estoy deseando verlas –Mina forzó una sonrisa. No necesitaba ir a una boutique, pero no tenía sentido dar más explicaciones. De momento, no le quedaba más remedio que lavarse la misma ropa interior todas las noches.

No le asustaba la reacción de Alexei cuando descubriera el engaño, ni la de Carter. Al fin y al cabo, ¿qué podían hacerla? Además, se lo tenían merecido por poner a Carissa en una situación imposible. No obstante, tampoco le hacía mucha gracia pasar por ese trago. Iba a resultarle, por lo menos, incómodo; sobre todo, teniendo en cuenta que dependía de Alexei para abandonar la isla. Y él iba a estar furioso.

¿Cómo sería Alexei Katsaros encolerizado? ¿Gritaría y se mostraría agresivo o la condenaría con una gélida frialdad?

Pero ella podría hacerle frente, sin duda. Sin embargo, deseó estar de vuelta en París, trabajando en vez de estar jugando al ratón y al gato.

Súbitamente, la falta de ropa interior dejó de preocuparle.

Capítulo 5

ALEXEI trató, sin conseguirlo, interpretar la expresión de Carissa. Parecía distraída, falta de interés, como si ya no le pareciera algo urgente ir de compras. No lograba entenderla. Cada vez que el comportamiento de ella confirmaba su opinión de que era superficial y oportunista, le confundía.

Marie sirvió las bebidas y llevó una bandeja con exquisita comida, pero Carissa apenas la probó.

–Debes estar deseando volver a ver a tu padre.

Los suaves ojos de Carissa se agrandaron, como si estuviera sorprendida, y él empequeñeció los suyos.

¿Qué ocurría? ¿Se habían enfadado el padre y la hija? No, no podía tratarse de eso.

–Sí, claro.

–¿Hace mucho que no os veis?

–Un tiempo –Carissa cambió de postura y cruzó las piernas.

A pesar de estar decidido a sonsacarla, Alexei se distrajo con el color dorado de la piel de esa mujer. ¿Se había propuesto seducirle? ¿Por qué si no se había puesto una minifalda mínima y una camisa tan ceñida que le marcaba tanto los pechos?

A pesar suyo, sintió un intenso calor en todo el cuerpo mientras contemplaba la generosa recompensa que la ropa de Carissa apenas cubría. ¿Cómo se le había ocurrido pensar que apenas tenía curvas? Era delgada, pero muy femenina. Y tenía unas piernas larguísimas.

De todos modos, apartó los ojos del cuerpo de ella para fijarlos en su rostro y la sorprendió con el ceño fruncido y la mirada perdida en el horizonte.

Alexei tuvo una extraña sensación, un calambre en el vientre. Le llevó unos segundos darse cuenta de que era irritación. No estaba acostumbrado a que la gente le ignorase; especialmente, las mujeres. Especialmente, una mujer, al parecer, que había ido allí para casarse con él.

¿Tan segura estaba Carissa de sí misma que ni siquiera sentía la necesidad de darle coba?

–¿Te preocupa algo? –preguntó él con voz áspera–. ¿Qué te pasa?

Ella parpadeó, como si sus palabras le hubieran sorprendido. Entonces, la vio componerse y enderezar la espalda.

–¿Por qué quieres casarte con una desconocida? ¿Por qué no te casas con alguien que ya conoces?

De nuevo, Carissa le sorprendió. No había imaginado que la hija de Carter fuera a mirarle los dientes al caballo regalado. Pero, evidentemente, Carissa era inteligente. A pesar de desear la riqueza que él poseía, quería saber lo que él esperaba de ella.

–No he encontrado a una mujer con la que quiera casarme –eso, al menos, era verdad.

–Pero... ¿por qué un matrimonio amañado?

–¿Te estás echando atrás? –fascinado, Alexei se inclinó hacia delante.

–No –Carissa hizo una pausa–. Es solo que… me gustaría saber más sobre ti.

–Me ha parecido una forma eficaz de conseguirlo.

–¿Eficaz? –Carissa ladeó la cabeza y descruzó las piernas–. Hablas como si fueras a comprar algo que has visto en un catálogo: «mujer de aceptable apariencia y educación, con todos los dientes y en edad de tener hijos».

Las palabras de ella habían sido pronunciadas en tono de desaprobación; sin embargo, en vez de enfadarse, su deseo por ella incrementó. Y si tenía que esperar a que su padre saliera de su escondrijo, ¿por qué no pasarlo bien entretanto?

–¿Qué tiene de malo? Mira lo que me han traído –Alexei paseó la mirada por el cuerpo de ella, deteniéndose en sus pechos y un poco más abajo.

Carissa clavó las uñas en los brazos de la silla visiblemente.

–Ya que has mencionado lo de tener hijos… –la vio lanzar chispas por los ojos. Bien, prefería a Carissa encolerizada, concentrada en él, no quería verla fría, distante y distraída–. ¿Qué te parece si nos ponemos a la tarea inmediatamente?

–¿Para eso quieres casarte, para tener hijos?

Le resultó curioso que Carissa pareciera tan sorprendida. ¿Acaso no se le había ocurrido pensar en los hijos?

Alexei se encogió de hombros.

–¿Para qué si no? Cuando tenga hijos, quiero que lleven mi apellido, que se críen en el seno de una familia. El matrimonio no podría darme otra cosa que ya no tenga.

Alexei quería una familia. Quería tener hijos. Durante años su objetivo había sido salir de la pobreza, conseguir éxito y lograr seguridad. Había llegado a lo más alto a base de trabajo y constancia. Pero algún día, una familia…

Recordaba momentos maravillosos de una vida feliz en familia antes de que su padre muriera, y sabía lo afortunado que era de tener esos recuerdos. Los penosos años que sufrió después de que su madre volviera a casarse le hacían valorar aún más su vida anterior. Ahora, le gustaría recrear esos momentos felices con sus propios hijos.

Cuando zanjara el asunto pendiente con Carter, se pondría a buscar a una mujer con la que quisiera compartir su vida. Una mujer que también fuera una magnífica madre.

–¿No te interesa ninguna otra cosa del matrimonio? –preguntó Carissa–. ¿Qué me dices de la intimidad emocional? ¿El amor? ¿La confianza de una persona en la otra?

–¿Amor? –Alexei frunció el ceño–. ¿Tú crees en el amor?

¿Cómo podía Carissa creer en el amor y estar dispuesta a aceptar un matrimonio de conveniencia? Esa mujer estaba llena de contradicciones.

Carissa titubeó.

–Yo… creo que es posible –acabó respondiendo ella.

–Pero nunca has estado enamorada –era una suposición, pero Alexei se fiaba de su instinto. La idea de que una mujer bonita de veintitantos años no se hubiera enamorado le intrigaba.

–¿Y tú? –Carissa arqueó una ceja.

–No –la gente hablaba del amor, pero era difícil encontrarlo.

Sus padres se habían casado por amor y reconocía que la idea le gustaba. Pero al pensar en su madre… La muerte de su marido la había dejado destrozada, su sentimiento de pérdida había sido la causa de su desastroso segundo matrimonio. Ella misma se lo había dicho antes de morir y él había tenido que morderse la lengua para no preguntarle por qué no se había conformado con él, con su hijo. Evidentemente, su madre había necesitado algo más, él no había sido suficiente para ella.

Desgraciadamente, su madre había querido casarse una segunda vez, para darle a él un padre. Lo que había condenado a ambos a una vida de sufrimiento con ese hombre.

La ira se le agarró al estómago. Jamás se permitiría ser tan débil como su madre había sido. Él había triunfado, había superado todo tipo de obstáculos, se había convertido en un hombre del que su padre habría estado orgulloso. No estaba dispuesto a caer en una trampa sentimental.

–Ya veo, no esperas amor entre la mujer con la que te cases y tú –declaró Carissa con voz fría, mirándolo con expresión de censura.

–Si lo que esperas es una declaración de amor, princesa, vas a llevarte una gran desilusión.

–¿Y si te enamoras de otra después de casarte?

–No creo que eso ocurra –Alexei la vio abrir la

boca y él alzó una mano para acallarla–. Pero, si después de un tiempo nos divorciáramos, no tendrías por qué preocuparte. Haríamos un contrato que te garantizara una recompensa económica.

–¿Y si tu esposa se enamorara de otro?

Alexei aguantó la mirada desafiante de ella y le sorprendió la idea de que una mujer que se casara con él pudiera preferir a otro hombre. Y también le sorprendió que Carissa hubiera elegido hablar en forma impersonal, refiriéndose a una mujer cualquiera, no a ella misma.

¿Por qué fingía falta de interés cuando había ido allí para casarse con él? Y aunque intentara disimularlo mirándolo como un rey a un vasallo, no podía ocultar su atracción por él, Carissa respiraba trabajosamente y los pezones se le habían erguido.

Saber que él le gustaba le provocó tensión en la entrepierna. Disfrutaría una relación íntima con Carissa Carter. Quizá, cuando el asunto con su padre se solucionara, podrían llegar a un acuerdo satisfactorio para ambos.

–¿Y quieres tener hijos y que se críen con unos padres que no se quieren cuyo matrimonio no ha sido más que una transacción económica? ¿No te parece que eso es ser muy egoísta?

Alexei frunció el ceño.

–Los niños necesitan estabilidad. Tendrán el amor de sus padres y se criarán en un ambiente estable. Eso es más de lo que muchos niños tienen.

Carissa cerró firmemente los labios y lo miró con frialdad, y él se preguntó qué estaría pensando. Carissa había sido afortunada, su familia había estado muy unida. No se podía negar que Ralph Carter había sufrido mucho tras la pérdida de su esposa y siempre se había preocupado por su hija.

No obstante, Carissa no parecía estar en contra de casarse con un multimillonario, y no precisamente por amor.

—En ese caso, Carissa, si estás en contra del matrimonio sin amor, ¿para qué has venido a mi isla?

La vio agarrar con fuerza los brazos de la silla, obviamente incómoda. Después, ella se encogió de brazos y el movimiento hizo que sus pechos se movieran.

—No he dicho que esté en contra. Pero me gustaría tener una idea clara de la situación, de ahí mis preguntas.

Alexei se inclinó hacia delante.

—¿Y tú, Carissa, qué quieres? ¿Quieres casarte conmigo y tener hijos?

Le resultó extraño sentir un hormigueo en el vientre al hablar de tener hijos con ella, al pensar en Carissa Carter compartiendo su cama. No le costaba nada imaginar ese ágil cuerpo debajo del suyo o contra la pared mientras el agua de la ducha les caía por encima. En cuanto al cuerpo preñado de ella... le dejó perplejo la oleada de deseo que le golpeó.

Carissa Carter era guapa, pero mucho menos que la mayoría de las hermosas mujeres con las que se había acostado. Era respondona y lo suficientemente avariciosa como para estar dispuesta a casarse con un desconocido por dinero. Sin embargo, quería acostarse con ella.

¿Había perdido el sentido?

La vio recostar la espalda en el asiento al tiempo que volvía a cruzar las piernas. ¿Le resultaba incómoda la silla o estaba nerviosa? Seguramente, quería distraerle y hacerle fijarse en esas extraordinarias piernas.

¿Acaso creía Carissa Carter que podía manipularle con un gesto tan burdo?

—Aún no lo sé, Alexei. No es posible que esperes que tome una decisión ya mismo, hace apenas un par de horas que nos hemos conocido.

Alexei aplaudió su aplomo. Evidentemente, Carissa quería ganar tiempo, mejorar su posición para negociar. Y la estratagema estaba funcionando. Carissa había conseguido despertar su interés. Además, a él le resultaba difícil rechazar un desafío.

—¿Y si no quisiera esperar?

—En ese caso, quizá no sea yo la mujer que necesitas —respondió ella arqueando las cejas—. Podría volver a París inmediatamente, ¿no te parece?

¿Dejarla marchar? ¡Ni loco! La necesitaba para hacer salir a Ralph Carter de su escondrijo.

—No. Te vas a quedar aquí, así podremos conocernos mejor.

—Me parece bien. Eso hará menos probable que cometamos un serio error.

—La verdad es que estoy encantado de que te encuentres aquí, Carissa.

—Cuando termines de comer, daremos un paseo.

A Mina le gustaba la voz de Alexei; era profunda y aterciopelada. Lo malo era que la hacía más vulnerable, esa voz le acariciaba el cuerpo y la invitaba a acercarse a él. Además, también le gustaba su acento, muy seductor.

O quizá Alexei, intencionadamente, estuviera utilizando ese tono seductor. Estaba jugando con ella, coqueteando mientras hablaban.

¿Por qué lo hacía? ¿Para ver cómo respondía ella? ¿O porque era algo natural en él?

Lo único de lo que estaba segura era de que Carissa se había librado de un gran peligro. Lo habría pasado muy mal con Alexei, un hombre que veía el matrimonio como un negocio y a la mujer como una mercancía.

Pero ella le iba a demostrar que no se dejaba comprar fácilmente.

–Sí, me encantará. Pero, por favor, no dejes el trabajo por mí. Puedo ir a dar un paseo yo sola.

Mina pinchó con el tenedor un fruto tropical y se recostó en el asiento de la silla. Quería tomarse su tiempo.

–¿Y no hacerte caso? –Alexei sacudió la cabeza y una onda de cabello oscuro le cayó por la frente, confiriéndole un aspecto informal, muy lejos del hombre de negocios que era.

Mina desvió la mirada hacia la zona del pecho de él que la camisa desabrochada dejaba al descubierto. Trató de apartar los ojos, pero le resultó imposible. ¿Por qué demonios no se abotonaba la camisa ese hombre? ¿Tan orgulloso de su cuerpo estaba, tanto le gustaba presumir? ¿Creía que ella no podría resistirse a sus encantos?

Una idea estúpida. No obstante, Mina reconoció que le temblaba el cuerpo con solo mirarlo.

Había visto a muchos hombres con menos ropa que Alexei. Había dibujado desnudos, incluso había hecho esculturas con hombres posando desnudos; sin embargo, esto era diferente. La reacción que ese hombre provocaba en ella era diferente. No podía mirarlo como artista, sino como mujer.

Los ojos de Mina se encontraron con los sorprendentes ojos de Alexei. ¿Eran como la malaquita o como la turmalina? Eran de un verde profundo, un verde mar, e inescrutables. Hermosos y peligrosos, como las profundidades del océano.

Mina apretó la mandíbula, dejó el tenedor en el plato y se puso en pie, recordándose a sí misma que era una mujer pragmática, a pesar de su naturaleza creativa.

–En ese caso, si dispones de tiempo, me encantaría ir a dar un paseo –cualquier cosa mejor que estar ahí sentada tratando de evitar mirar con asombro a ese hombre que ni siquiera le caía bien.

El paseo le pareció fascinante, mucho más de lo que había podido imaginar. Alexei le enseñó primero la casa. Todas las habitaciones eran grandes, despejadas y relajantes. A pesar de increíbles piezas de arte, no había ostentación. La casa era lujosa, pero sobre todo era cómoda. No le costaba nada imaginarse a sí misma viviendo allí.

Alexei no insistió en darle demasiados detalles. Con el movimiento de un brazo indicó el cine, con otro sus aposentos. Después, las habitaciones para invitados, el gimnasio y demás. Al salir fuera, Alexei agarró un par de sombreros de ala ancha y le dio uno.

–Es muy fácil quemarse, el sol es muy fuerte aquí.

Mina no le contradijo, le tenía mucho respeto al sol. En su país, todo el mundo se protegía de los rayos solares.

Atravesaron un jardín frondoso, con más esculturas. Después, fueron a una playa de arena blanca. En la arena no vio huellas de pisadas. Tampoco vio más casas, solo el mar, pájaros en los árboles y el calor del sol.

Aquello era un paraíso.

—Esto es una maravilla.

—Sí, a mí también me lo parece. No existen muchos sitios como este.

—¿Sin vecinos?

—Sin vecinos. Pero no es solo eso, esta isla es bastante especial. Nunca ha habido zonas en las que se haya cultivado la tierra aquí, por eso la selva está intacta. Es un refugio para muchas especies de aves en peligro de extinción.

Mina se volvió y le sorprendió mirándola a ella, no al entorno. No estaba acostumbrada a ser el centro de atención; sobre todo, desde que había salido de Jeirut y se había instalado en París. Pero lo que más le afectó no fue que Alexei la estuviera mirando, sino la intensidad con la que lo hacía. Como si él fuera un pintor y ella su modelo.

—¿Qué piensas hacer con la isla?

—¿Que qué pienso hacer?

Mina volvió a pasear los ojos por la arena blanca y la imaginó salpicada de edificios y con un embarcadero.

—¿Ecoturismo o algo parecido?

—¿Crees que voy a explotarla?

–Eres un hombre de negocios. Es de suponer que te hayas dado cuenta que podrías ganar mucho dinero si explotaras la isla, tiene muchas posibilidades.

–¿Es así como lo ves tú? –preguntó él con una voz grave que la hizo estremecer.

Mina negó con la cabeza e intentó contener el malestar que le produciría ver esa isla convertida en un lugar de vacaciones.

–Veo que se podría explotar.

–Pero no te gustaría que fuera así, ¿verdad?

Le sorprendió la facilidad con que Alexei había adivinado lo que pensaba.

–El progreso no es siempre bueno –respondió ella fijándose en un pequeño pájaro que desapareció entre la vegetación.

–Estoy completamente de acuerdo contigo en eso.

–¿En serio?

–¿Por qué te sorprende tanto? Incluso los hombres de negocios saben apreciar la belleza.

No todos los hombres de negocios. Mina había conocido a suficientes, hombres a quienes solo les importaba la riqueza y el poder, hombres que jamás consideraban las repercusiones que sus actos podían tener en el medio ambiente.

A los quince años, se había enfrentado a su padre y había intentado disuadirle para que rechazara una propuesta para la construcción de un complejo turístico a las faldas de las montañas cerca de la capital. La construcción del complejo habría proporcionado puestos de trabajo a corto plazo, pero el daño medioambiental habría sido catastrófico. Al final, el plan se había modificado. Una de las pocas veces que su padre había cedido. Al final, una empresa local se había encargado del proyecto, una empresa que combinaba el desarrollo turístico con la protección al medioambiente.

—¿Carissa?

—Perdona —Mina salió de su ensimismamiento—. ¿Qué decías?

—Te he preguntado que qué tienes en contra de los hombres de negocios.

—Nada.

«Solo que son unos tipos ricos y egoístas que esperan que todos bailen al son que ellos tocan».

—Así que… ¿no vas a cambiar nada en la isla? —añadió ella. Parecía demasiado hermoso para ser verdad.

—Bueno, sí, habrá algunos cambios.

—¿Qué cambios? —preguntó ella con una punzada de desilusión.

—Voy a construir unas cabañas y un pequeño centro de investigación para los científicos cerca de la pista de aterrizaje —Mina lo miró y vio que sonreía—. Eso es todo.

Le costaba admitirlo, pero Alexei Katsaros hacía que se sintiera confusa. Era un hombre arrogante e irritante, pero también era intuitivo y cálido. Además, respectaba el medioambiente.

—¿En serio?

—Completamente en serio. Pasé la adolescencia en una ciudad atestada de gente. Créeme, soy plenamente consciente de lo especial que es este lugar —una lenta sonrisa le curvó los labios y ella sintió un intenso calor dentro de su cuerpo—. Y ahora, ¿qué te parece si vamos al lugar en el que las tortugas entierran sus huevos?

En silencio, Mina asintió. Después, siguió el ejemplo de él y se quitó las sandalias, hundiendo los pies en la fina y mojada arena.

Por causa de Carissa, Alexei y ella estaban enfrentados. Cuando él descubriera el engaño, iba a encolerizar. No podía permitirse bajar la guardia. No obstante, cuantas más cosas supiera de él mejor para Carissa y para ella, ¿no?

Una voz interior le dijo que estaba jugando con fuego. Debería poner cualquier excusa e ir a su habitación.

Pero a Mina siempre le había fascinado el fuego.

Capítulo 6

MINA estaba dibujando, pero no dejaba de pensar en el papel que estaba representando. Debería poner fin a esa farsa inmediatamente.

No podía traicionar a Carissa; sin embargo, su desesperación aumentaba por momentos. Después de dos días en la isla, la atmósfera se había tornado más tensa. Alexei se había distanciado de ella, físicamente; a pesar de lo cual, no lograba dejar de pensar en él.

No conseguía evitar la atracción que sentía por él. Era como una enfermedad.

Al mirar el dibujo, frunció el ceño, pasó la hoja y empezó de nuevo.

Para rematar, estaba el mensaje que Carissa le había enviado al móvil. No se había escapado con Pierre todavía, él seguía en Estados Unidos, concluyendo las negociaciones de un trato que cementaría su éxito profesional. A pesar de las protestas de Carissa, Pierre había insistido que su futuro juntos dependía de ese negocio. Mina lo comprendía. Si la familia de Pierre le desheredaba por casarse con Carissa, uno de los dos necesitaría ganar dinero. Carissa tenía talento, pero su empresa de diseño comercial estaba en sus comienzos.

Lo que significaba que ella tendría que seguir en la isla al menos un par de días más, haciéndose pasar por otra persona. Fingiendo ser inmune a Alexei. Insoportable.

Ningún otro hombre la había afectado de esa manera.

Mina alzó la barbilla y trató de concentrarse. Tenía trabajo. Estaba preparando una exposición. No podía perder el tiempo en esa isla caribeña sin hacer nada. Necesitaba…

Se quedó muy quieta. Sí, tenía una salida. ¿Cómo no se le había ocurrido antes?

Mina había aceptado la suposición de Carissa de que el padre de esta perdería su trabajo si ella no se casaba con Alexei. Pero eso no iba a ocurrir. Una vez que Carissa se casara con Pierre, ya no iba a casarse con Alexei.

Además, aunque Alexei podía ser muy exigente y autoritario, ella había vislumbrado otros aspectos de su personalidad. Su relación con Marie y Henri era mucho más relajada e íntima de lo que ella había imaginado posible. Alexei no se daba aires de superioridad con ellos porque pagara sus salarios. Alexei llegaba a ser sorprendentemente considerado.

No era el ogro que Carissa había imaginado.

Si Carissa, en realidad ella misma, Mina, le decía que le resultaba imposible casarse con él, Alexei respetaría la decisión. Lo único que ella tenía que hacer era decirle que, después de pensarlo mucho, había decidido no casarse con él. E inmediatamente volvería a París, a su mundo, a su rutina.

Le resultó extraño comprobar que la idea no la

entusiasmaba demasiado. Al contrario, sentía tener que abandonar la isla. Y a Alexei.

El lapicero se le cayó de la mano y rodó por el papel.

¿Cómo se le había ocurrido algo así? Sin embargo, no le valdría de nada decirse a sí misma que no le gustaban los hombres autoritarios de ojos verdes que se reían cuando ella estaba a punto de estallar de indignación.

No le valdría de nada porque Alexei le gustaba. Le gustaba mucho.

—Pareces enfadada. ¿Problemas con el dibujo? —dijo él a sus espaldas, sobresaltándola.

Mina se volvió.

—No, no me está saliendo bien —respondió Mina al tiempo que cerraba el cuaderno de dibujo.

De repente, le resultó imperativo poner fin a aquella farsa.

—Tengo que hablar contigo —dijo ella sin pensar, poniéndose en pie.

Pero Alexei estaba tan cerca de ella que la dejó sin respiración. Y lo notó. Alexei lo notaba todo.

—Sí, claro —Alexei indicó unas sillas en el porche—. ¿Te parece que nos sentemos?

Mina estaba demasiado nerviosa para sentarse.

—Mejor vayamos a dar un paseo —ahora que había tomado una decisión, quería acabar cuanto antes.

Con un poco de suerte, en unas cuantas horas estaría en París. Con determinación, contuvo la desilusión que la embargó.

—Sí, por supuesto.

Se dirigieron a la playa. Al borde de la fina arena,

Mina se quitó las sandalias color rosa de Carissa y las dejó a un lado. Notó que Alexei iba descalzo.

Le gustaban los pies de él. La próxima vez que dibujara un desnudo de hombre buscaría un modelo con los pies como los de Alexei.

Al darse cuenta del rumbo que estaban tomando sus pensamientos, Mina cerró los ojos, asqueada de sí misma.

—Carissa, ¿qué te pasa? Espero que no sea nada malo —no había ironía en el tono de Alexei. Parecía preocupado—. ¿Estás bien?

—Sí, muy bien. Es que tengo que decirte algo.

—Soy todo oídos.

Echaron a andar por la playa. Mina se preguntó cómo empezar. Al final, decidió ser directa.

—He estado pensando mucho, Alexei, y… no puedo casarme contigo.

Él guardó silencio unos momentos. Después, volvió el rostro hacia ella sin dejar de caminar.

—¿No puedes? ¿Qué es lo que te lo impide?

Por supuesto, a Alexei no se le ocurriría nunca que ella no quisiera casarse con él.

—No estoy preparada para el matrimonio. Solo tengo veintitrés años —sin embargo, muchas de sus amigas en Jeirut estaban ya casadas y con hijos.

—Mientras que yo ya paso de los treinta.

—No, no es eso.

—Entonces, ¿qué es? —insistió Alexei en tono neutral. No obstante, ella notó algo duro en la voz de él.

—No sería una decisión acertada para mí —debería haber pensado alguna excusa. Debería haber reflexionado en vez de lanzarse sin estar preparada.

Alexei se detuvo y ella se vio obligada a hacer lo mismo. Con desgana, se volvió para mirarlo. A espaldas de él se estaban formando unas oscuras y espesas nubes que prometían lluvia. Para ella, criada en un país árido, la humedad del ambiente se le hacía pesada, casi claustrofóbica. La ponía nerviosa.

O quizá se debiera al escrutinio al que Alexei la estaba sometiendo. Ya casi borrado el rastro de un hombre de trato fácil.

—Si no se trata de la diferencia de edad, ¿qué es? ¿La idea de tener hijos conmigo?

Mina se quedó muy quieta, el brillo de esos extraordinarios ojos la tenían hipnotizada. Sintió algo creciendo en lo más profundo de su ser. Entusiasmo. Una inmensa ternura al imaginar a un niño pequeño de negros cabellos y ojos verdes con expresión traviesa. El hijo de Alexei y de ella.

El corazón le dio un vuelco, un estremecimiento le recorrió el cuerpo.

Era una idea ridícula. Apenas conocía a ese hombre. No pensaba en tener hijos de momento.

—No, no es eso. Tú quieres tener hijos, ¿verdad, Carissa? —dijo él con voz suave.

De repente, ella se dio cuenta de que Alexei había acertado. Con el hombre adecuado, la maternidad sería algo maravilloso.

Con el hombre adecuado.

De repente, se sintió completamente perdida. De repente, ese hombre la hacía sentir y desear cosas que jamás había querido.

Alexei la hacía dudar de sí misma. ¡Y en cuestión de días!

–Da igual, no tiene importancia. Lo he pensado bien y no puedo casarme contigo.

–Vas a tener que explicarlo.

–¿Qué?

–Que vas a tener que decirme los motivos que te han hecho llegar a tomar esa decisión. Tu padre me aseguró que estabas interesada. Me has hecho creer que...

–¡Yo no te he hecho creer nada! –era él quien la había arrastrado hasta allí–. Te estoy diciendo que no voy a casarme contigo y ya está.

Mina se sintió aliviada. Le resultaba mucho más fácil enfrentarse a Alexei cuando la enfadaba que cuando se mostraba amable y comprensivo.

–Lo siento, pero no puedo aceptarlo. No sin antes una explicación.

–¿Que no puedes aceptarlo? –Mina no podía creer la arrogancia de ese hombre. Se llevó las manos a las caderas y se plantó delante de él–. Entérate bien, no me gustas. Cuando decida jugar a las familias felices, lo haré con un hombre que me atraiga físicamente.

El pecho le subía y le bajaba, y ladeó la barbilla cuando sus ojos se encontraron con los de él.

–Voy a ir ahora mismo a hacer la maleta. Estoy segura de que tú... –Mina se detuvo al notar que una mano la agarraba del brazo.

–No tan de prisa, princesa.

Alexei notó la expresión de perplejidad de ella, la vio clavar los ojos en la mano con que la estaba agarrando el brazo, en contacto con su cálida y sedosa piel.

Durante dos días había evitado tocarla, ni rozarla siquiera. El deseo que sentía por Carissa rayaba en lo salvaje, y prefería no perder la cabeza en lo que a la familia Carter se refería. Sobre todo, teniendo en cuenta que el padre seguía escondido, a pesar de los esfuerzos del detective privado que había contratado.

Alexei respiró hondo y olió el aroma de ella, un aroma a especias exóticas que aumentó su deseo.

El matrimonio era una farsa; sin embargo, el rechazo de Carissa le había irritado. ¿En serio creía que podía rechazarle con tanta facilidad?

Sin darle tiempo a protestar, la besó con fervor. Y Carissa se entregó a sus besos en cuerpo y alma, sin fingir, con deseo y pasión.

Carissa no era una mujer inocente que necesitara protección. Sus besos eran profundos, como la embriagadora caricia de una mujer sumamente sensual y deseosa de sexo.

El ondulante cuerpo de ella le hizo temblar. Estaba más que endurecido, estaba dolorido. Necesitaba más, mucho más.

Acarició los pechos de Carissa y una sobrecogedora excitación se apoderó de él cuando Carissa arqueó la espalda y pegó la pelvis contra su cuerpo.

De repente, Carissa puso las manos en su pecho y lo empujó, tratando de apartarle de sí.

Carissa, respirando sonoramente, separó la boca de la de él. Pero Alexei no la soltó, no podía. Deseaba a esa mujer, con locura.

—No. ¡Alexei, suéltame!

Alexei, sin comprender, frunció el ceño mientras contemplaba ese hermoso rostro. Debía haberla entendido mal, no podía haber dicho eso.

Pero sí. Notó una sombra de desesperación en los ojos de ella e, inmediatamente, la soltó. Carissa se tambaleó y él, agarrándola por el codo, la sujetó. Carissa temblaba, las piernas parecían flaquearle.

—Gracias —dijo Carissa.

Alexei quería besarla otra vez; sin embargo, volvió a soltarla, desconcertado por la potencia de su deseo.

—Voy a ir a hacer el equipaje —dijo ella sin más.

—¿Qué?

—Quiero volver a mi casa, a París —declaró ella alzando la barbilla—. ¿Podrías organizar el viaje?

Alexei sacudió la cabeza al tiempo que lanzó una dura carcajada.

—No es posible que hables en serio. Es imposible que niegues que te gusto físicamente.

—Yo… —Carissa se mordió el labio inferior.

—Como lo hagas, volveré a besarte. Y después, desnudos en la arena, conmigo dentro de ti, te reto a que te atrevas a decirme que somos incompatibles —Alexei bajó el tono de voz y añadió—: Un beso más y serás mía, princesa. Lo sabes tan bien como yo.

Ella le lanzó una mirada furiosa. A Alexei le encantaba la pasión que veía en esa mujer.

—Eso da igual, quiero marcharme. Ya te he dicho que no voy a casarme contigo.

Alexei se metió las manos en los bolsillos de los vaqueros y miró fijamente a su invitada, la mujer que le tenía desconcertado desde su llegada. La mujer

que le tenía más confuso de lo que era aconsejable, a
lo que había que añadir que todavía no había hecho
pagar al padre de ella por lo que le había hecho.

¿Qué se traía entre manos Carissa?

Estaba cansado de esperar. Se sentía impaciente.
Quería que Carter apareciera. Estaba enfadado consigo mismo por comportarse como un adolescente
con Carissa.

—Lo siento, princesa, pero no vas a ir a ninguna
parte.

Capítulo 7

MINA observó el semblante de Alexei con detenimiento: altivas cejas, mandíbula tensa, cálculo en esos ojos verdes… Y se dio cuenta de que había cometido un grave error.

¿Cómo había podido imaginar que marcharse de allí le resultaría fácil?

«Lo habría sido si no le hubiera besado también. Si no le hubiera abrazado como una ninfomaníaca».

Había sido extraordinariamente ingenua.

No solo se atraían mutuamente, había que tener en cuenta además que Alexei estaba acostumbrado a conseguir lo que quería. Y ahora quería una esposa. Y como ella acababa de demostrar lo compatibles que eran, también la deseaba físicamente.

La posesividad de él la excitaba, cuando debería irritarla. Y así era. No obstante…

Se ruborizó de pies a cabeza al pensar en la erección de Alexei, en cómo ella se había frotado contra él en un desesperado intento por satisfacer la desazón que había sentido en la entrepierna.

Quizá estuviera necesitada de sexo. Nunca en su vida había sentido semejante anhelo. Ningún hombre la había excitado de esa manera.

–No me llames princesa. No me gusta.

Esas expresivas cejas se alzaron, Alexei parecía sorprendido de que ella hubiera elegido quejarse de eso. Pero la forma como Alexei la había llamado princesa le había afectado, había afectado a la verdadera Mina.

El cinismo con que Alexei la había llamado princesa la había hecho temblar. ¿Qué haría Alexei cuando descubriera la verdad?

—En ese caso, no volveré a llamarte princesa, Carissa.

Alexei pronunció el nombre de Carissa como si quisiera acariciarla con su voz.

De repente, Mina deseó oírle llamarla por su verdadero nombre.

Mina cruzó los brazos a la altura del pecho y dio un paso atrás. Alexei vería el gesto como una demostración de debilidad, pero eso no tenía importancia, necesitaba recuperar el sentido.

¿Qué le había hecho Alexei? ¿Cómo solamente con un beso había destruido sus defensas y la capacidad de pensar racionalmente?

Sin embargo, había sido algo más que un beso.

Había sido algo extraordinario, un momento único en su vida. Se sentía como si acabara de despertar y se encontrara en un mundo diferente, mucho más claro y brillante. Sus sentidos habían cobrado vida.

Mina respiró hondo. Aunque se sentía vulnerable, no se iba a dejar hacer.

—Siento haberte dado una falsa impresión, Alexei —declaró ella mirándolo a los ojos—. Pero he hablado en serio al decirte que no me voy a casar contigo.

Alexei cruzó los brazos a la altura del pecho, adoptando la misma postura que ella. Sin embargo, en él, la postura era retadora, no defensiva, como era su caso. Notó los bíceps de Alexei y pensó en la fuerza de su abrazo. La virilidad de ese hombre había obrado magia.

—En ese caso, ¿qué es lo que quieres? ¿Una aventura amorosa?

—¡No! —exclamó Mina horrorizada—. Yo… no debería haberte besado. Ha sido un error por mi parte.

—¿Un error?

—Eres muy persuasivo, Alexei —Mina se negó a apartar los ojos de los de él, a pesar del calor que sentía en el rostro—. Pero he decidido que no estoy preparada para casarme y formar una familia.

Mina guardó silencio, a la espera de que él respondiera, pero Alexei no dijo nada.

—Siento desilusionarte, Alexei. Pero es mejor dejar las cosas claras cuanto antes —Mina respiró hondo—. Dadas las circunstancias, me gustaría volver a París.

—Eso no va a ser posible.

—¿No? ¿Por qué no? ¿Algún problema con el avión?

Alexei sacudió la cabeza.

—Tienes que quedarte aquí hasta que llegue tu padre.

—¿Qué? —Mina no logró encontrar sentido a las palabras de él.

—¿Has tenido noticias de él últimamente?

Mina frunció el ceño.

—¿Que si he tenido noticias de él?

–¿Te ha llamado por teléfono? ¿Te ha enviado algún mensaje por el móvil o un correo electrónico?

Ella negó con la cabeza.

La verde mirada de Alexei la penetró; esta vez, sin molestarse en disimular, con incredulidad. No, no la había creído.

–¡Es verdad!

Mina se alegraba de que el padre de Carissa no hubiera llegado todavía, así Carissa disponía de más tiempo para escapar con Pierre. No obstante, tenía un mal presentimiento. Se dio cuenta de que la situación era más compleja de lo que había sospechado. ¿En qué lío se había metido?

–En ese caso, déjame ver tu móvil. Quiero ver cuál es el número de teléfono que tú tienes de tu padre. El que yo tengo está mal, seguro. Necesito ponerme en contacto con él, es de vital importancia.

Mina se mordió los labios. Esa conversación era cada vez más extraña. Pero, por supuesto, no podía decir que no.

–Bien, te lo escribiré en un papel –respondió ella. Tenía que ponerse en contacto con Carissa para que le pasara el teléfono de su padre.

–Dame tu móvil, Carissa. Ya lo miro yo.

La brusquedad con que la habló, el tono amenazante, la hizo darse cuenta de que algo pasaba. Algo no andaba bien.

Mina, acostumbrada a enmascarar sus emociones, disimuló el nerviosismo que se había apoderado de ella.

–Sí, muy bien. Deja que vaya a por él.

Aliviada, le vio asentir después de unos momentos de vacilación. Durante unos segundos, había temido que Alexei insistiera en acompañarla a su habitación.

Mina se dio media vuelta e hizo un esfuerzo para no echar a correr.

Por fin, en su habitación, cerró la puerta con llave y respiró hondo para calmarse, pero no tenía tiempo que perder.

Unos segundos más tarde, agarró el móvil y llamó a Carissa. Su alivio duró poco. Cuando Carissa contestó la llamada, le dijo, asustada, que no había tenido noticias de su padre. Por supuesto, no era propio de él pasar tanto tiempo sin hablar con ella. Y, para empeorar las cosas, Pierre le había llamado para confirmar que iba a tardar dos días más en volver a París.

—¿Te importaría aguantar un poco más ahí? —le rogó Carissa.

Mina se llevó una mano a la cabeza, no sabía qué hacer. Dos días más no le causaría demasiados problemas con el trabajo, pero… ¿podía arriesgarse a pasar más tiempo con Alexei Katsaros?

Entonces, Carissa le aconsejó que le dijera la verdad a Alexei, consciente de que ya había hecho demasiado por ella y que había llegado el momento de enfrentarse a los problemas por sí misma.

Mina estuvo a punto de asentir.

El problema era que Alexei pasaría por encima de Carissa como una apisonadora. Su amiga acabaría sometiéndose a la voluntad de su padre y a la de Alexei, haría lo que ellos quisieran.

¿Podía Mina permitir que eso ocurriera?

Por otro lado, la idea de Alexei con Carissa no le gustó; pero no por su amiga, sino por ella.

¿Por qué se le había ocurrido semejante cosa?

Mina rechazó esa idea al instante y aconsejó a Carissa marcharse de su piso como medida de precaución, por si acababa descubriéndose la farsa y Alexei decidía ir a buscarla.

Después de despedirse y cortar la comunicación, Mina se quedó mirando el móvil que tenía en la mano. Si tenía que seguir suplantando a su amiga unos días más, no podía permitir que Alexei viera en su móvil con quién había contactado. Obviamente, él se daría cuenta inmediatamente de que ella no era Carissa.

Lo que significaba que no podía darle su móvil a Alexei.

La única solución era aguantar un par de días más.

De repente, oyó unos golpes en la puerta y se puso tensa.

—Carissa…

El corazón le latió con fuerza, lo que más le habría gustado en esos momentos era abrir la puerta y confesarle la verdad.

Pero Carissa dependía de ella. Carissa, tierna y dulce, la mejor amiga que había tenido en su vida. Su única amiga de verdad, ya que en Jeirut solo había podido relacionarse con personas elegidas por su padre.

A Carissa le daba igual que fuera una princesa o no. Carissa la apreciaba por sí misma. Y ella no podía permitir que Alexei le robara la promesa de felicidad con Pierre.

Mina respiró hondo y se acercó a las puertas de cristal que daban al jardín.

Más golpes en la puerta, a sus espaldas.

—Carissa…

Mina salió al jardín sigilosamente, el móvil en su mano. Tenía que evitar a toda costa que Alexei se enterara de que no era Carissa, por el momento.

Aminoró la marcha según se fue acercando a la playa. ¿Realmente había llegado a creer…?

Oyó pisadas a sus espaldas, volvió la cabeza y vio a Alexei acercándose rápidamente. Durante unos segundos, el miedo la paralizó. Pero ella no era un animal acorralado.

Mina se volvió de cara a la orilla del mar y arrojó el móvil al agua.

Alexei le agarró el brazo, pero ya era demasiado tarde.

Con incredulidad, Alexei vio el móvil caer al agua.

Casi se había convencido a sí mismo de que, a pesar de sus contradicciones, Carissa era un peón inocente en los planes de su padre.

«Porque sus besos te han quitado el sentido».

Los besos de Carissa habían superado con creces sus expectativas. E incluso, a pesar de la pasión que había mostrado, le había parecido casi inocente.

¡Inocente! Se había compinchado con su padre. Estaba jugando con él.

—¿Hasta qué punto estás decidida a evitar que me ponga en contacto con tu padre? —rodeó la cintura de ella con el brazo libre y la estrechó contra sí en una pobre imitación del abrazo que habían compartido en la playa.

Ahora, lo que Alexei sentía era furia y decepción. Había querido creer en Carissa.

«Porque quieres acostarte con ella. Por eso habías empezado a confiar en ella. Ni siquiera ahora que sabes que es compinche de su padre puedes dejar de desearla».

Era verdad. Su cuerpo estaba reaccionando a la proximidad de ella, al roce de los pechos de Carissa en su hombro, al olor de su pelo...

La ira que sentía solo sirvió para excitarle más.

—No quería que vieras mis mensajes, son privados —dijo ella con voz entrecortada.

—¿Por qué, Carissa? ¿Has estado enviando mensajes de amor a tu novio francés?

Alexei la apretó con más fuerza, con más cólera. ¿Por imaginarla intercambiando mensajes e imágenes eróticas con otro hombre?

Imposible.

Sin embargo, sintió una profunda satisfacción al pensar en que, mientras Carissa estuviera en su isla, tendría que dedicarle toda su atención. Allí no habría otro hombre en su vida, solo él.

—¿Lo sabías? —dijo ella con voz débil.

—¿Se suponía que era un secreto? —por supuesto que debía serlo.

Carissa incluso fingió una trémula inocencia cuando sus labios se encontraron. Aunque no duró.

—Mis mensajes son asunto mío. No tienes derecho a inmiscuirte en mi vida.

Carissa tiró de su brazo para soltarse. Pero el movimiento fue tan brusco que la hizo entrar en un contacto más íntimo con él.

Una oleada de deseo se apoderó de Alexei cuando ella le rozó la entrepierna.

–¿Crees que tengo interés en ver fotos tuyas desnuda? Lo único que quiero es que tu padre salga de su escondrijo.

–¿Que salga de su escondrijo? ¿De qué estás hablando?

Podría ser una gran actriz, pensó Alexei. Carissa parecía confusa, no culpable.

–Déjate de fingir. Solo una mujer desesperada por esconder la verdad destruiría su teléfono. Estás compinchada con tu padre. Acabas de demostrarlo.

Carissa guardó silencio y él se preguntó si no estaría a punto de rendirse.

–¿Compinchada? ¿A qué te refieres?

Furioso y harto de mentiras, Alexei la sujetó por la cintura. Sin embargo, la expresión de ella le hizo dudar.

–¿Qué ha hecho mi padre? –en vez de evitar su mirada, Carissa clavó los ojos en los suyos al tiempo que fruncía el ceño.

–Robar una fortuna. Y solo me estoy refiriendo al dinero que ha robado estos dos últimos meses. Lo que no sé es cuánto me ha robado durante los años que ha trabajado en mi empresa –dijo Alexei sin dejar de mirarla a los ojos.

–¿Estás seguro?

Carissa era la viva imagen de la incredulidad y la sorpresa. La sintió temblar y la sujetó con más firmeza.

–Totalmente seguro. Están haciendo una auditoria. Te aseguro que vamos a averiguar todo el dinero que ha robado, hasta el último céntimo. Incluido el dinero con el que te ha subvencionado, el dinero que te ha proporcionado para llevar una vida de lujo mientras vas de artista por la vida.

Le revolvía el estómago la idea de que el dinero que le habían robado había servido para satisfacer la vida de ocio de esa mujer. Él había tenido que trabajar duramente para conseguir lo que tenía. En un principio, durante el desarrollo de su primer programa de softwear, ni siquiera había tenido una vivienda permanente.

Alexei se lo había ganado todo a pulso. Y no soportaba a la gente que vivía de los demás.

Sin embargo, había permitido que Carter le engañara.

Contempló los suaves ojos castaños de esa mujer y se dio cuenta que mentía.

–Vas a tener que trabajar para ganarte la vida, como el resto de la gente. Va a ser una experiencia nueva para ti.

Mina comprendió qué se escondía detrás de la ira de esos profundos ojos verdes.

–¿Vas a hacerme pagar por lo que mi padre te ha hecho? –Mina no sabía si enfrentarse a Alexei directamente era la mejor táctica, pero tenía que averiguarlo.

–Supongo que te resultará difícil ganarte la vida con el sudor de tu frente en vez de vivir a costa del dinero que tu padre me ha robado. Pero no creo que eso te haga daño.

–¿Me refiero a ti, me refiero si me vas a hacer daño?

Inmediatamente, Alexei la soltó.

–¡No! ¡Claro que no voy a hacerte daño!

–No está tan claro. Hay muchos hombres que maltratan a las mujeres.

–Yo no soy así.

Mina lo miró y se preguntó si podía creerle, si podía creer en su propio instinto.

–Creo que estás equivocado respecto a lo del robo. Creo que se trata de un error. Quizá haya sido otra persona quien te ha robado dinero y ha hecho que parezca que ha sido mi padre.

Por lo que sabía, el padre de Carissa era un hombre honesto… aunque su idea de amañar el matrimonio de su hija con Alexei era algo realmente extraño. Quizá el dolor de la pérdida de su esposa le había afectado más de lo que Carissa había podido imaginar.

Alexei sacudió la cabeza.

–No, no hay duda ninguna, ha sido él –Alexei, con la mirada, le retó a que le demostrara lo contrario.

–De ser así, te aseguro que no se lo ha gastado en fiestas en París.

El padre de Carissa había pagado los estudios de su hija y ahora la ayudaba a pagar el alquiler del piso, pero Carissa tenía mucho talento, era trabajadora, y se ayudaba económicamente trabajando de camarera y modelando. Incluso su adición a comprar ropa de segunda mano le estaba proporcionando beneficios económicos ya que arreglaba la ropa y la revendía.

Alexei se cruzó de brazos. Parecía inamovible.

Mina contuvo un suspiro. ¿De qué le valdría defender la inocencia de Carissa? Alexei jamás la creería. Y… ¿quién podía culparlo?

De repente, una idea acudió a su mente. Una idea que la hizo estremecer.

—¿Por qué me has hecho venir aquí, Alexei? ¿Qué es lo que realmente quieres de mí?

—No te preocupes. No voy a hacerte nada que no quieras que te haga.

Mina tardó unos segundo en digerir esas palabras. Entonces, se cruzó de brazos, imitando a Alexei, que era, realmente, su enemigo.

—¿Para qué he venido, Alexei? —repitió Mina—. Y, por favor, ahórrate eso del matrimonio. Evidentemente, era una mentira.

Alexei arqueó las cejas.

—¿Y las mentiras te ofenden?

Mina estaba a punto de decir que aborrecía la falta de honestidad tanto como a los hombres que manipulaban a las mujeres para conseguir sus propios fines. Pero entones se recordó a sí misma que estaba ahí fingiendo ser alguien que no era. Por supuesto, lo hacía por su amiga, pero…

—Vamos, Alexei, dímelo de una vez.

Con los ojos fijos en los de ella, Alexei respondió:

—Eres un cebo. Estás aquí para hacer salir a tu padre de su escondite. Ya que la idea de que nos casáramos fue suya, he supuesto que, cuando se entere de que estás aquí, imaginará que no he descubierto lo del dinero que me ha robado o, si no, que estoy dispuesto a llegar a un arreglo debido al hecho de que, supuestamente, va a ser mi suegro.

–Y… ¿mientras esperamos a que venga? –Mina tragó saliva.

–Hasta entonces, eres el as que me guardo bajo la manga –Alexei esbozó una sonrisa que solo se podía interpretar como peligrosa–. No voy a perderte de vista.

Capítulo 8

MINA apartó la vista del complicado diseño que estaba realizando en su cuaderno de dibujo al darse cuenta de que el ruido que había oído de fondo era el rugido de un fuerte viento procedente del mar. En las horas posteriores a su enfrentamiento con Alexei, el cielo se había cubierto de oscuras nubes y la luz había adquirido un tono verdoso.

Se le erizó la piel. No sabía mucho de climas tropicales, pero esa inquietante luz le recordaba las explosivas tormentas que ocasionalmente arrasaban las montañas de su país natal.

Dio un salto al oír un estruendo. Dejó el cuaderno de dibujo y se acercó a las puertas de cristal de su habitación. Desde allí, vio que una sombrilla había caído y había tirado al suelo una silla de hierro forjado. En ese momento, un cojín voló y cayó en medio de unas gardenias.

Mina abrió la puerta de vidrio y una ráfaga de viento la golpeó al salir. Vio otro cojín flotando en la piscina. Inmediatamente, se puso a recoger el resto y los metió en su cuarto. Al darse la vuelta, otra silla fue a parar al suelo.

Mina se mordió los labios al mirar los árboles, inclinados por el viento. Si la tormenta se intensificaba, el mobiliario del jardín podría representar un peligro debido a la cantidad de ventanas y puertas de cristal de la casa. En cuanto a esa sombrilla…

Estaba tratando de cerrarla cuando oyó una voz a sus espaldas.

–Deja, ya lo hago yo –Alexei le quitó la sombrilla y, con esfuerzo, la cerró–. Vamos, entra en la casa. Esto cada vez se va a poner peor.

Alexei, con la sombrilla en la mano, se alejó.

Mina frunció el ceño al verle desaparecer tras doblar una esquina de la casa. ¿Qué había esperado que él hiciera, darle las gracias por intentar ayudar? Debería haberse dado cuenta de que no sería así.

Pero cuando otra silla cayó al suelo de piedra, Mina apretó los labios, agarró la silla y siguió el camino que había tomado Alexei.

Cerca, aunque no se veía desde la casa, había un garaje grande. Dentro, aparte del coche con tracción a cuatro ruedas, vio dos motos acuáticas, una tabla de windsurf, canoas y a Alexei, que estaba poniendo la sombrilla junto a otros muebles de jardín que debía haber estado recogiendo desde hacía un rato.

–¿Dónde está Henri?

Alexei, que no debía haberla oído llegar debido al rugido del viento, alzó la cabeza.

–Se ha ido con Marie a una de las islas más grandes a comprar. Pero debido a la tormenta, que se nos ha echado encima antes de lo que esperábamos, no van a poder volver hasta que el tiempo se calme.

–¿Puedo hacer algo? ¿En qué puedo ayudar?

* * *

Alexei contempló la delgada figura que tenía delante, le habría gustado que hubiera más luz para ver la expresión de ella.

No por primera vez, esa mujer le había sorprendido. Casi se le había parado el corazón al verla forcejear con la sombrilla. ¿Acaso Carissa no tenía idea del peligro que había corrido? El viento podía haberle arrebatado la sombrilla y la habría podido golpear.

—Ve a la casa y no salgas de allí —tenía muchas cosas que hacer, no podía permitirse el lujo de velar por la seguridad de ella.

Como respuesta, Carissa se dirigió a la puerta y la abrió bruscamente. Alexei contempló, a contraluz, sus largas piernas, los pantalones cortos blancos y la ceñida camiseta que acentuaba las suaves curvas de ese esbelto cuerpo. Recordó el momento en el que habían estado cuerpo con cuerpo, la feminidad de ella le había resultado irresistible.

Entonces, Carissa echó a andar en dirección a la casa.

Bien. Él tenía mucho que hacer en poco tiempo. No obstante, mientras recogía más muebles del jardín para meterlos en el garaje, encontró a Carissa avanzando hacia él con una silla. El viento arreciaba con más fuerza y los largos cabellos negros de ella le barrían la cara.

—¿Qué haces? ¡Métete en la casa ahora mismo!

A modo de respuesta, Carissa continuó caminando y habría pasado de largo por su lado si él no la hubiera detenido agarrándola por un brazo.

Carissa le lanzó una altiva mirada.

–No es momento para discutir. Acepta mi ayuda y sigue con lo que estás haciendo. ¿Qué hay de las contraventanas? No veo ninguna. ¿Cómo vamos a proteger los cristales?

Alexei se dio cuenta de que Carissa hablaba en serio. Estaba dispuesta a ayudarlo, tanto si él quería como si no.

–Son contraventanas eléctricas. Solo hay que apretar un botón para bajarlas.

–En ese caso, ¿no deberías hacerlo antes de que nos quedemos sin luz por la tormenta?

Carissa tenía razón. Además, quería ver si el generador estaba funcionando, por si se quedaban sin electricidad.

–Está bien –Alexei se quedó mirando los árboles, vencidos por el viento; detrás de los árboles, el cielo oscurecía por momentos–. Pero solo unos minutos más. No quiero que estés fuera de la casa más de cinco minutos. ¿De acuerdo?

Ella, en silencio, asintió.

Pero ni rastro de Carissa después de ese tiempo. El viento arreciaba con más fuerza. Debían refugiarse. No quedaba mucho tiempo. Cayeron unas primeras gotas de lluvia y en cuestión de segundos se encontró en medio de una tromba de agua.

Alexei apretó los labios mientras se paseaba por la casa, ya con las contraventanas cerradas. Pero Carissa seguía sin dar señales de vida.

Alexei corrió por todo el jardín gritando el nombre de ella, empapado. No podía verla. No estaba dentro de la casa ni en los alrededores de la piscina. Se adentró en la espesura del jardín y, por fin, al do-

blar la curva de un sendero, la vio caminando hacia
él, tambaleándose. Rápidamente, corrió hacia ella,
debatiéndose entre la irritación y la estupefacción.

¡Una escultura! Carissa estaba fuera porque había
querido proteger una de sus esculturas.

Alexei la agarró cuando Carissa se chocó contra
él, empujada por el viento.

—¡Déjala! No merece la pena —dijo Alexei refiriéndose a la estatuilla de madera.

Al instante, vio a Carissa agrandar los ojos, como
si no pudiera creerle. Y, agarrando la escultura con
fuerza, se negó a soltarla.

Rindiéndose, Alexei agarró a Carissa de la mano
y juntos emprendieron el camino a la casa.

Una vez dentro de la casa, Carissa se agachó y,
colocándose las manos en las rodillas, respiró hondo
varias veces, agotada de luchar contra el viento. Tenía un arañazo en la barbilla.

—¿Cómo se te ha ocurrido semejante estupidez?
—le preguntó él.

Ella alzó los ojos, se enderezó unos segundos después y, al parecer algo recuperada, adoptó ese gesto
altivo tan suyo.

—Salvar una maravillosa obra de arte no ha sido
una estupidez —Carissa se metió la mano en el bolsillo trasero de los pantalones cortos y sacó un destornillador. Eso explicaba cómo había conseguido sacar
la estatuilla del pedestal. Debía haber agarrado el
destornillador en el garaje.

—¿Es que no te has dado cuenta del peligro que
has corrido?

Alexei la vio acercarse a una mesa auxiliar y dejar

allí encima el destornillador. También vio que tenía desgarrado el borde de la camiseta y otro arañazo en la parte posterior de un muslo.

Alexei sintió un nudo en el estómago. Algo se le había agarrado a las entrañas y amenazaba con hacerle perder el control. Apretó la mandíbula con tanta fuerza que temió fuera a rompérsele.

Un temblor le recorrió el cuerpo al pensar en las ramas moviéndose salvajemente por el viento, en la tormenta, en la suerte que Carissa había tenido de no sufrir un serio accidente.

Carissa se volvió, tenía el semblante muy pálido.

—No podíamos dejar ahí la estatuilla. Es una obra maestra.

Alexei la miró fijamente. No podía dar crédito a lo que estaba oyendo.

—Sabes perfectamente que lo es —añadió ella—. De lo contrario, no la habrías comprado.

Sí, claro que lo sabía. De no serlo, no habría pagado un precio exorbitante por ella. Pero eso no tenía importancia.

—Tu comportamiento ha sido sumamente irresponsable. Y no me importa el dinero.

—¡No, claro que no te importa el dinero! Es evidente que me he equivocado —dijo ella palideciendo aún más—. Debiste comprar la estatuilla, no por su valor artístico, sino por una cuestión de ego.

Carissa volvió a respirar hondo, dejando entrever lo asustada que debía haber estado, a pesar de su actitud retadora. Se la veía orgullosa y gloriosa, asustada y vulnerable. Y él no pudo comprender el porqué de la furia contenida en lo más profundo de su ser.

Se alegraba de la distancia que los separaba. Vagamente, se dio cuenta de que era el miedo lo que le producía tal rabia. Pensó en ese terrible momento en que se había dado cuenta de que Carissa no estaba en la casa. Se sentía culpable al pensar que Carissa podía haber muerto ahí fuera y todo porque él no la había obligado a permanecer en la casa.

—No vale tanto como tu propia vida. ¿Tienes idea del peligro que has corrido ahí fuera? —Alexei se dio cuenta de que casi estaba gritando—. ¿Tan poca cabeza tienes? ¿Tan increíblemente estúpida eres?

Carissa no se movió, ni siquiera parpadeó, y el eco de las palabras de él murió.

—Te ruego me disculpes, tengo que ir a curarme una herida, no querría mancharte el suelo por nada del mundo.

Carissa se dio media vuelta y se encaminó hacia su habitación. Alexei tardó en darse cuenta de que ella había estado cubriéndose una mano.

Alexei logró calmarse y fue entonces cuando, al bajar la cabeza, vio un pequeño reguero de gotas de sangre siguiendo el camino que había tomado ella.

A Carissa la mano le estaba sangrando y él no lo había notado. Había estado demasiado ocupando censurándole el comportamiento.

Mina se mordió el labio, los temblores le estaban impidiendo abrir la caja de tiritas que había encontrado en su cuarto de baño. La caja se le cayó al suelo y ella, cerrando los ojos, se apoyó en la pared.

Se agacharía a recogerla en un minuto, cuando dejara de temblar.

Estaba sumamente enfurecida. Pero pronto se calmaría.

Sin embargo, no era solo la ira lo que la hacía temblar. Tenía un nudo en la garganta y le costaba trabajo tragar.

«Estúpida. Sin cabeza».

No podía dejar de pensar en esas palabras.

Mina se dijo a sí misma que aún estaba asustada. La tormenta había sido aterradora. Ella se había expuesto a un gran peligro, pero también había puesto en peligro a Alexei, que había estado ahí fuera buscándola.

¿Y si le hubiera ocurrido mientras intentaba salvarla?

Un sollozo le cerró la garganta.

Mina sacudió la cabeza. Ella no lloraba nunca. Nunca. Ni siquiera había llorado cuando murió su padre.

«Estúpida. Sin cabeza».

Se tragó las lágrimas.

La última vez que había visto a su padre en vida tuvieron una discusión. Ella le había dicho que quería estudiar Arte y su padre ya la había inscrito en la universidad para que estudiara Económicas. No había lugar para artistas en la familia real de Jeirut.

Su padre había sido brutalmente franco respecto a los planes que había hecho respecto a ella: como princesa, debía ser un modelo para el resto de las mujeres de Jeirut; con el tiempo, se casaría con un hombre que él elegiría.

Su padre, enfurecido porque ella hubiera cuestionado sus planes, la había tachado de estúpida, descabezada y egoísta.

Dos días después de aquella discusión, su padre había muerto de un aneurisma cerebral.

Mina no había tenido la oportunidad de reconciliarse con su padre.

—¡Carissa! ¿Estás bien?

Mina abrió los ojos, se miró al espejo y lanzó un gruñido. Tenía los ojos rojos y los labios le temblaban.

—Sí.

Oyó el forcejeó de Alexei con la puerta.

—¿Por qué has echado el cerrojo?

Mina se mordió los labios. No se encontraba con fuerzas para enfrentarse a Alexei. Necesitaba calmarse.

—Carissa...

—Quiero estar sola. No creo que sea pedir demasiado, ¿no? —seguía temblando. Se abrazó a sí misma. Tenía frío.

—Carissa, abre la puerta. Quiero ver si estás bien de verdad.

Estupendo. Otro hombre que se negaba a respetar los deseos de una mujer y que, al parecer, no creía que pudiera cuidar de sí misma.

Pero era de esperar. Alexei creía que era una estúpida.

Volvió a echarse a llorar. Se sentía sumamente vulnerable.

—Carissa, o abres la puerta o la abriré yo a golpes.

—He dicho que...

—¡Abre ahora mismo!

Mina se acercó a la puerta tambaleándose y descorrió el pestillo. Se negó a mirarlo cuando él entró y clavó los ojos en el paquete de tiritas que estaba en el suelo.

–Ya que estás aquí… ¿te importaría recoger eso del suelo? Me tiemblan un poco las manos –dijo ella, pensando que, como no podía ocultarlo, más le valía admitirlo.

Sin esperar respuesta, Mina se dirigió al lavabo, abrió el grifo y comenzó a lavarse la herida que se había hecho en la mano con el destornillador. Era extraño, pero no le dolía.

–Déjame a mí –dijo él, haciéndola sentarse en una silla al lado de la enorme bañera.

Alexei le envolvió la mano en una toalla blanca. Después, recogió del suelo la caja de tiritas, sacó una botella de un armario del baño y se puso de cuclillas delante de ella.

Mina sintió un intenso calor mientras contemplaba las fuertes y hermosas manos de él.

–Esto te va a escocer un poco –dijo Alexei al tiempo que le quitaba la toalla para ponerle el antiséptico en la herida.

Le escoció, pero ni siquiera pestañeó.

–No parece una herida profunda.

–No. Es bastante superficial.

Al cabo de unos momentos, tenía la herida limpia y cubierta.

–¿Qué tal?

–Bien –Mina flexionó la mano y se dio cuenta de que había dejado de temblarle–. Gracias.

Alexei no se movió. Al otro lado de las contraventanas, seguía oyéndose el ruido del viento. Mina pensó en cómo había puesto en peligro la vida de ambos.

–Carissa, lo siento. Yo…

Mina se puso en pie y se apartó de él. No era justo que Alexei se disculpara cuando había sido ella la responsable de lo que había pasado.

Además, le resultaba insoportable que Alexei la llamara por un nombre que no era el suyo. Quería oírle pronunciar su nombre verdadero.

–No, tú no tienes por qué disculparte –Mina tragó saliva. Alexei se puso en pie y ella clavó los ojos en la garganta de él–. Quien debe disculparse soy yo. No tenía derecho a ponerte en peligro mientras me buscabas. Tienes razón, una escultura no es tan importante como una persona.

Si Alexei hubiera muerto por su culpa…

Mina alzó los ojos y se encontró con la verde mirada de él. Alexei ya no parecía enfadado.

–He sido una tonta. Creía que tenía tiempo de sobra. Evidentemente, no he calculado bien la fuerza y la velocidad de la tormenta.

–Y yo aplaudo que hayas querido salvar la escultura, aunque no era el mejor momento para hacerlo. De todos modos, no debería haberte hablado como lo he hecho. Lo cierto es que… estaba muy asustado. Aunque sé que eso no es disculpa.

–¿Que estabas asustado? –a Mina no se le había pasado por la cabeza que Alexei hubiera podido tener miedo.

–Estaba aterrorizado. Podrías haber sufrido un serio accidente.

Se miraron fijamente a los ojos y Mina se sintió hundir en esas verdes profundidades.

–Soy más fuerte de lo que parezco.

Alexei inclinó la cabeza.

—Sí, ya me estoy dando cuenta de eso. Se necesita mucho valor para hacer lo que has hecho.

Las palabras de él la dejaron atónita.

—Y también hay que ser estúpida.

—Para ti era importante; por tanto, se trata de valor, no de estupidez.

Mina se sintió conmovida. Algo cálido la envolvió y la penetró hasta lo más profundo de su ser.

—¿Significa eso que ya no me desprecias tanto como antes?

—Yo no te desprecio, Carissa —Alexei alzó una mano para acariciarle los surcos de las lágrimas en las mejillas.

Mina tuvo que hacer un esfuerzo enorme para no inclinarse hacia él.

—Me resulta muy difícil creerlo.

—Me irritas. Me intrigas y… y me gustas.

Mina sintió cómo se le aceleraba el pulso.

—Eso es imposible —tenía que serlo. De lo contrario, temía no tener la fuerza suficiente para recordar que eran enemigos.

—En ese caso, quizá creas esto.

Alexei se inclinó sobre ella y todas las emociones que Mina había intentado reprimir cobraron vida.

Capítulo 9

ALEXEI posó los labios en los suyos suave, pero no tímidamente. Como si quisiera darle tiempo para aceptar lo inevitable.

Y era inevitable.

Cuando el beso se hizo más profundo, Mina no solo le permitió la entrada a su boca, también le acarició la lengua con la suya, jugueteó, exigió.

Alexei ladeó la cabeza y lanzó un gruñido cuando ella le chupó la lengua con dureza.

¿Había oído alguna vez un sonido tan sexy? Los pezones se le irguieron y sintió un líquido calor en la entrepierna, donde sentía vacío y escozor.

Mina era impulsiva para algunas cosas, para otras era sumamente precavida. Nunca se había entregado a un hombre. Nunca le había atraído nadie tanto como para intimar hasta ese punto.

Alexei le hacía sentir lo imposible. Y eso la asustaba.

Mina puso las manos en los hombros de él, le hincó los dedos y volvió la cabeza, poniendo fin al beso.

—En realidad, no quieres que yo esté aquí.

—Necesito que estés aquí —el aliento de Alexei le acarició el rostro, haciéndola temblar.

–Como cebo –dijo ella con voz entrecortada.

Mina intentó encontrar la fuerza suficiente para apartar a Alexei de sí. Si se respetara a sí misma pondría fin a la situación.

–Ese hombre puede irse al infierno. Solo puedo pensar en ti –Alexei frunció el ceño, a él también le costaba respirar–. Si te hubiera pasado algo ahí fuera cuando estabas salvando la escultura... No puedes imaginar lo que he sentido...

Mina oyó en las palabras de él el eco de lo que había sentido.

–Sí, lo sé. Al darme cuenta de que te había hecho correr peligro me sentí enferma –Alexei le acarició el rostro–. Es una locura. No te conozco...

–Y no te caigo bien –dijo él con una sonrisa burlona.

–No creo que esto tenga que ver con caer bien o no –lo que sentía era algo profundo y debía ser honesta.

La nota de humor en la expresión de Alexei se desvaneció.

–Carissa, yo...

–¡No! –Mina le puso los dedos en los labios para evitar que siguiera hablando. No podía soportar que él la llamara por el nombre de su amiga–. No digas nada. Ni una palabra más, por favor.

Las mentiras se interponían entre ambos. Pero lo que ella sentía era, aunque inesperado, real. Era lo más real que había sentido por un hombre.

Le resultaría tan imposible rechazarle como detener la tormenta que rugía afuera.

Había llegado el momento.

En vez de sonreír, Alexei estaba serio. En sus ojos vio que él sentía lo mismo que ella.

En ese momento, Alexei la levantó en sus brazos. Ella le rodeó el cuello, deleitándose en lo femenina que Alexei la hacía sentirse.

Alexei la sacó del cuarto de baño y a Mina se le aceleró el pulso al acercarse a la cama. Pero Alexei continuó caminando, cruzó el umbral de la puerta y echó a andar por el pasillo central de la casa en dirección a sus habitaciones.

Mina se preguntó si no debería mencionar su falta de experiencia; pero, guiada por el instinto, creyó que no haría falta.

Alexei la soltó y encendió la luz de una mesilla de noche. Mina tuvo impresión de espacio, vio colores azules; pero Alexei le puso las manos en la cintura y solo tuvo ojos para él.

Le brillaba el pelo, mojado. La luz de la lámpara acentuaba sus hermosos pómulos y su recta nariz. Mina clavó la mirada en esa boca, tan sensual y generosa. El corazón le dio un vuelco.

Le agarró la camisa y comenzó a desabrocharle los botones. Alexei la dejó hacer, quieto como una estatua. Por fin, Mina pudo abrirle la camisa y contemplar esos definidos músculos, el vello que le salpicaba el pecho…

Le sintió temblar al acariciarle el torso. Y cuando le sacó la camisa por los brazos y contempló el tronco desnudo de él, contuvo la respiración.

Quería esculpirle. Quería acariciar el cuerpo entero de ese hombre. Quería saborearle y ver si respondía a las caricias de sus labios.

–Ahora me toca a mí –dijo Alexei antes de agarrarle el bajo de la camiseta para subírsela.

Obedientemente, Mina alzó los brazos.

Alexei le traspasó los pechos con la mirada. Mina notó que los pezones se le endurecían; el sujetador, mojado, debía transparentarse, y un intenso calor le subió por la garganta. No estaba avergonzada, era orgullo.

–¿No es rosa? –preguntó él con voz ronca, como si tuviera la garganta seca.

Mina, sorprendiéndose a sí misma, echó los hombros hacia atrás, invitándole a mirarla.

–No, no es rosa –el conjunto de sujetador y bragas era de seda gris oscura. Esa mezcla de color duro y suavidad en el tejido era propio de ella. Jamás había elegido ropa de colores pasteles.

–Me gusta. Quítatelo.

El verde frío de los ojos de Alexei ya no era frío. Mina sintió un estremecimiento en todo el cuerpo al ver en él comprensión, deseo, desesperación.

Sin pensarlo, Mina se desabrochó el sujetador y liberó sus senos. La expresión de él, la tensión que vio en su mandíbula, le produjo exaltación.

Alexei tenía más experiencia, era mucho más alto y más fuerte, pero Mina se dio cuenta de su propio poder.

Pero cuando Alexei le cubrió un pecho y se lo apretó ligeramente, el poder que había sentido la abandonó. Las piernas le temblaron y, durante unos segundos, creyó que no podrían seguir sujetándola. Hasta que Alexei la agarró por la cintura y la estrechó contra sí.

Mientras él seguía acariciándole los pechos, Mina

sintió que algo vital en lo más profundo de su ser se liberaba. Se apretó contra él, sobrecogida por el deseo que la embargaba.

Alexei posó los labios en su cuello, cerca del hombro. Pero en vez de besarla, la mordió suavemente. Mina se sobresaltó cuando una corriente eléctrica la atravesó, exacerbando el ardor en el bajo vientre. Se frotó contra él en busca de alivio.

Mina le desabrochó el botón de la cinturilla del pantalón como si hubiera hecho eso innumerables veces. Después, la cremallera, más difícil debido a la erección de Alexei. Por fin lo consiguió y comenzó a bajarle los pantalones.

Le sintió temblar y agarrarla con más fuerza justo antes de que su miembro se viera libre.

Mina le agarró con ambas manos, pero inquisitivamente, fascinada por el peso de ese pene y por su textura sedosa.

Pero casi al momento, Alexei le agarró las muñecas y la obligó a soltarle. Murmuró algo entre dientes y dio un paso atrás. Pero antes de que ella pudiera protestar, Alexei se quitó los zapatos y se sacó los pantalones.

A Mina el torso de él le había parecido hermoso y su miembro impresionante, pero esos muslos… y esas nalgas que descubrió cuando Alexei se volvió… Respiró hondo. En ella, se mezclaba la reacción de una artista ante la belleza y el deseo de una mujer. Era una mezcla irresistible.

Cuando Alexei se apartó de la mesilla de noche, se estaba colocando un preservativo. Era lo más erótico que Mina había visto nunca.

Le deseaba. ¡Cuánto le deseaba!

Pero, de repente, no se atrevió a moverse ni a tocarlo. Se había quedado clavada al suelo. ¿Nervios? ¿Ahora?

Alexei no sonreía cuando le desabrochó el botón de la cinturilla de los pantalones cortos y le bajó la cremallera. Movió la pelvis hacia él y, por fin, Alexei le cubrió el sexo con la mano y la presionó justo donde lo necesitaba.

Era maravilloso. Mina cerró los ojos, por eso no le vio bajarle por las piernas el resto de la ropa. Cuando volvió a abrirlos, Alexei estaba agachado delante de ella, desabrochándole las tiras de las delicadas sandalias rosas.

Delante de él, completamente desnuda, sintió humedad en la entrepierna, sabía que eso facilitaría el acto sexual. Pero Alexei, en vez de ponerse en pie, acercó la cabeza a su sexo y, con la lengua, la acarició y la chupó.

Mina comenzó a temblar salvajemente, se habría caído de no haberse agarrado a los hombros de él. Y entonces, de repente, Mina supo lo que era el éxtasis. Y le pareció que el mundo estallaba a su alrededor.

O quizá era ella quien había estallado. Ya no estaba de pie, sino tumbada en la cama, y el intenso orgasmo continuaba mientras Alexei hacía con la mano lo que había hecho con la boca y esta ahora subía por el estómago y las costillas de ella hasta sus pechos.

Mina respiró con desesperación. Había muerto y se encontraba en el paraíso. No era posible sentir más placer.

Lo que demostró su inocencia, ya que Alexei se lanzó a ilustrar con facilidad hasta qué punto podía seguir sintiendo placer.

Por fin, cuando creía que iba a volverse loca de desesperación, Alexei se colocó entre sus piernas. Ella alzó las rodillas y le rodeó la cintura con las piernas. Estaba lista, no podía aguantar más.

Entonces, con un fuerte empellón, Alexei la penetró.

Mina se quedó sin respiración durante unos momentos, el oxígeno no parecía llegarle a los pulmones. Notó la perplejidad de él y su mirada interrogante. Pero ella se sentía pegada a la cama, más llena de lo que había imaginado posible. No podía moverse, no podía…

—Respira. Respira despacio, cielo —le dijo Alexei con voz suave al tiempo que le acariciaba una mejilla con suma ternura.

Por fin, Mina respiró hondo. Aliviada, hizo unas cuantas respiraciones profundas, guiada por él. Poco a poco, se calmó.

El susto se le pasó y los músculos de su cuerpo se relajaron. No sentía dolor, solo sorpresa y una sensación que no era ni buena ni mala.

Alexei comenzó a moverse y, a pesar de la reacción que había tenido unos momentos antes, Mina no podía soportar la idea de que él saliera de su cuerpo. Necesitaba más. Quería más. Le apretó la cintura con las piernas y le hundió los dedos en los hombros.

—No me dejes.

Alexei sacudió la cabeza, los oscuros cabellos le caían por la frente, haciéndole parecer más joven.

–No te preocupes, cielo, no voy a ir a ninguna parte –respondió él sonriendo.

Alexei continuó moviéndose dentro de ella, mirándola a los ojos, interpretando su expresión, sus reacciones. Y como había imaginado, su cuerpo supo qué hacer, aunque ella no lo supiera conscientemente. Pero quería más, quería ser tan generosa como lo había sido Alexei. Quería verle alcanzar el éxtasis.

–¿Qué quieres que haga?

Alexei lanzó una ronca carcajada.

–Nada. Esto ya es demasiado.

Mina frunció el ceño, decidida a hacer algo. Por eso, cuando Alexei dio otro empellón, ella tensó los músculos de su sexo. Y, al instante, él lanzó un gruñido de placer mientras unas gotas de sudor le empañaban la frente.

Encantada, Mina le agarró una mano y se la colocó en el pecho, y eso incentivo su propio placer.

Los movimientos se hicieron más rápidos, más feroces y, por fin, Alexei perdió el control. Le clavó los dedos en las nalgas, la besó salvajemente y, con una maravillosa sincronía, la pasión de él le produjo otro orgasmo.

Cuando los últimos estremecimientos se disiparon, Alexei dejó de besarla y se dio media vuelta, arrastrándola con él.

Con un esfuerzo, Mina abrió los ojos y se hundió en ese mar verde. Se sentía ligera, lánguida y más satisfecha que nunca.

Capítulo 10

ALEXEI se quedó contemplando esos hermosos y adormilados ojos castaños y no supo si reír o salir corriendo.

No, correr no era una opción. Uno debía enfrentarse a los problemas. Y por deliciosa que fuera, Carissa Carter era un problema mayúsculo.

Debería estar enfadado con ella por no haberle dicho que era virgen, pero no podía. Carissa era una de las mujeres más atractivas que había conocido. Cuanto más tiempo pasaba con ella, más le fascinaba.

—No, no me duele —Carissa contrajo los músculos, agarrándole con fuerza, y Alexei se hinchó dentro de ella. Algo que debería haber sido imposible.

—De todos modos, deberías haberme dicho que era la primera vez —esas palabras le hicieron sentirse privilegiado, triunfal… y sorprendido de esa sensación de posesividad, como si quisiera hacerla suya.

Carissa se encogió de hombros y, al hacerlo, sus senos le acariciaron el pecho. Su miembro volvió a excitarse.

—Quizá tengas razón. Pero tenía miedo de que no quisieras hacer el amor conmigo.

—No me habría resultado posible —respondió Alexei, al tiempo que se preguntaba cómo era posible que una mujer tan sensual hubiera sido virgen hasta ese momento. Carissa había disfrutado con el sexo tanto como él. Su obvio entusiasmo había hecho aún más intenso el placer.

¿Por qué había esperado Carissa a perder la virginidad con él? ¿Porque, al igual que le ocurría a él, había sido incapaz de resistir su mutua atracción?

O… ¿por qué iba a utilizar eso como instrumento de negociación?

La idea le golpeó con fuerza. No obstante, al margen de los motivos que hubiera podido tener, Carissa había sido sumamente generosa con él y merecía ser tratada con la misma generosidad.

Alexei acarició los negros cabellos de ella, apartándoselos del rostro.

–Gracias, Carissa. Ha sido maravilloso. Has estado maravillosa.

Era la verdad. Lo que había compartido había sido extraordinario. Carissa era diferente a las demás mujeres que había conocido. Respiró hondo y olió el aroma a especias y a canela de ella. Podía convertirse en una adicción.

Con suavidad, mordisqueó el cuello de ella. Carissa tembló y se aferró a él.

Alexei cerró los ojos mientras saboreaba la inmediata reacción de Carissa y la promesa de más voluptuosos placeres. Le resultaría muy fácil poseerla de nuevo. Podía quedarse allí y volver a saciarse. Carissa estaba dispuesta a ello, lo notó en la forma como se arqueaba y en la rapidez de los latidos de su corazón, pegado a su pecho.

No obstante, no podía hacerlo. Tenía que ser responsable. Tenía que ser considerado.

«Quítate el preservativo y déjala descansar». Eso era lo sensato, pero le resultaba difícil imponer la razón al instinto.

Tras un beso más, Alexei suspiró y salió del cuerpo de ella.

—¿Por qué te vas?

Alexei vio decepción en el rostro de Carissa. Pero quedarse ahí con ella, deleitándose en la sensualidad de esa mujer sería un error. La dejaría dolorida. Además, Carissa podía llegar a creer que aquello era más que algo exclusivamente físico. Esperaría más de lo que él estaba dispuesto a darle.

—Dime la verdad. ¿Te he hecho daño?

Carissa negó con la cabeza.

—No. He sentido algo… raro, pero no ha sido dolor.

—¿Raro? —Alexei frunció el ceño y ella se echó a reír.

—Algo fuera de lo normal. Pero bueno. Muy, muy bueno —contestó ella con una sonrisa entre seductora y despreocupada.

—Bien. A ver qué sientes la próxima vez.

El rostro de ella se iluminó.

—¿Va a haber una próxima vez?

—Sí, claro que sí —no era lo suficientemente fuerte como para abstenerse permanentemente.

Alexei agarró una de las manos de Carissa y la besó. Después, le dio la vuelta, le chupó la parte posterior de la muñeca y ella tembló.

—Quiero que sea pronto —susurró Carissa con las pupilas dilatadas.

–Bien. Después de que hayas descansado –respondió él, obligándose a apartarse de ella.

–¡No estoy cansada!

¿Era una queja? No sabía cómo iba a llevar a cabo sus buenas intenciones.

–Pero puede que yo sí –era mentira, pero mejor que decirle que lo hacía por su propio bien. Carissa no soportaba que nadie decidiera por ella.

Carissa bajó la mirada hacia la entrepierna de él y su miembro se movió.

–No pareces muy cansado.

Alexei contuvo una carcajada. Carissa tenía razón, le sobraba energía. Debería levantarse de la cama y dejarla para que descansara, pero no tenía la suficiente fuerza de voluntad para eso. Lo que necesitaba era una distracción.

–¿Qué tal la mano? –Alexei se la inspeccionó.

–No me duele nada.

Alexei le dio la vuelta a la mano, sopesó la fuerza de esos finos dedos, las uñas cortas, la ausencia de joyas…

¿Por qué no lo había notado antes? Esas no eran las manos de una niña mimada y frívola.

–¿A qué rama del arte te dedicas?

De repente, ella se puso tensa. Y su curiosidad aumentó.

–Hago cosas distintas. Dibujo, pintura al óleo, escultura y también algo de cerámica.

A Alexei no se le escapó que Carissa había respondido con evasivas. ¿Por qué?

–Pero debes haberte especializado en algo, ¿no?

* * *

Mina se preguntó si a Alexei el instinto no le estaba indicando su vulnerabilidad. Era como si él supiera exactamente qué preguntar para descubrir la verdad. Carissa era diseñadora gráfica; ella, por el contrario, se había especializado en escultura, era su pasión.

En la distancia oyó el furioso rugido de la tormenta, un eco de su turbulencia interior.

Se sentía confusa, sus emociones estaban a flor de piel. Corría peligro de permitir que los sentimientos le turbaran el entendimiento.

—Carissa…

—Perdona. Sí, es verdad que los artistas tienden a especializarse.

¿Qué podía tener de malo hablarle de su trabajo? Por increíble que pareciera, Alexei ni siquiera se había molestado en ver la foto de Carissa antes de, supuestamente, traerla a su isla. Y si no había hecho eso, no debía haberse molestado tampoco en echar un vistazo a su trabajo.

Eso le hizo recordar que, a pesar de la intimidad del momento, seguían siendo contrincantes en un juego peligroso. De repente, sintió la boca amarga y un vacío en el estómago.

Cada vez le resultaba más difícil reconciliar en una misma persona al famoso y cruel hombre de negocios y al hombre que yacía desnudo con ella en la cama.

—¿Y tu especialidad?

Mina vaciló unos segundos. Por fin, contestó:

—La escultura.

—Sí, ahora lo comprendo —la sonrisa de él aceleró

los latidos de su corazón. Era como si acabaran de compartir algo íntimo. Y le gustó, mucho.

–Ahora comprendes por qué quería salvar la estatuilla, ¿verdad? Es una obra maestra, no podía dejarla ahí, el viento podía haberla destruido.

Alexei asintió.

–Sí, lo entiendo perfectamente.

Resultaba evidente que a ese hombre también le gustaba la escultura. Las obras que tenía en su casa eran extraordinarias.

–En París, estaba intentando hacer algo similar; pero con pájaros estilizados y alas que puedan moverse con el viento. Es mucho más difícil de lo que parece.

De conseguir realizar la escultura que tenía en mente, quería organizar una exhibición en Jeirut, la primera de una artista miembro de la realeza. Le había prometido a Ghizlan que le regalaría algo especial y le resultaba fácil imaginar esa pieza en el Palacio de los Vientos.

–Me gustaría ver lo que estás haciendo.

–Tengo unos bocetos… –Mina cerró la boca. ¿Qué más tenía en el cuaderno de dibujo? ¿Había algo que pudiera revelar su verdadera identidad?

–Me encantaría verlos.

Mina asintió lentamente. Le gustaría enseñárselos y que él le diera su opinión. Sospechaba que Alexei sería honesto con ella.

–Iré a ver si los he traído conmigo –respondió ella finalmente.

Mina apartó los ojos de él, no soportaba tantas mentiras. Le sobrecogió un profundo deseo de con-

társelo todo. Quería conocerle mejor y que él la co-
nociera a ella de verdad.

Quería… más.

Pero Carissa dependía de ella.

–¿Seguro que estás bien, Carissa?

–Sí, claro –Mina le lanzó una mirada, pero evitó
los ojos de Alexei–. Quizá tengas razón, es posible
que necesite descansar un poco.

Una mentira más. Porque se sentía llena de vida y
deseosa de volver a hacer el amor con él.

–En ese caso, te dejaré para que descanses.

Alexei se levantó de la cama y Mina tuvo que
entrelazar las manos para no agarrarle e impedirle
que se fuera.

Al instante, echó de menos el calor del fuerte
cuerpo de Alexei y esa sensación de comunión con
él. Quería verle sonreír con los ojos y apretarse contra él.

–¿De acuerdo? –Alexei le acarició una mejilla y
un profundo deleite le recorrió el cuerpo. Un gesto
sencillo que la había afectado profundamente.

¿Cuándo había intimado tanto con una persona?
Llevaba mucho tiempo reprimiendo sus sentimientos;
primero, para protegerse a sí misma; después, para
centrarse en lograr sus objetivos. Solo Carissa había
sospechado que la seguridad que ella proyectaba y su
sentido práctico enmascaraban una profunda soledad.

–Sí, de acuerdo. Y no te preocupes, estoy bien –y
así era. A pesar de las circunstancias, a pesar de las
mentiras–. Solo me encuentro un poco cansada.

Y, de repente, también eso era verdad. Mina contuvo un bostezo.

–Que descanses, cielo. Volveré luego.

Mina descansó la cabeza en la almohada y le vio partir. Lo último que pensó antes de quedarse dormida fue que Alexei Katsaros le gustaba demasiado. Demasiado.

Alexei se paseó por la casa entera para ver si todo estaba bien, incluidos el generador y la radio. La tormenta había sido fuerte, pero estaba amainando. El informe meteorológico pronosticaba que pronto pasaría.

Pero mientras estaba ocupado con esas tareas, no podía dejar de pensar en Carissa, en lo que había sentido con ella, en el placer que le había proporcionado. Y el recuerdo de ella en sus brazos le hizo temblar.

Ese era el motivo por el que pasó el mayor tiempo posible lejos de la habitación. No sabía nada sobre las mujeres vírgenes, pero el sentido común le dictaba que debía dejarla dormir.

Sin embargo, una hora más tarde estaba de vuelta en la habitación, mirando a la mujer que había dado la vuelta a su vida en un par de días.

Alexei respiró hondo y se metió las manos en los bolsillos mientras contemplaba a Carissa tumbada en su cama. Los negros cabellos le cubrían parcialmente los hombros y su esbelto y dorado cuerpo era una obra maestra, mucho más seductor que cualquier obra de arte.

Le sorprendió la intensidad de su deseo por poseerla; pero no solo su cuerpo, tal como tenía pensado hacer cuando se despertara, sino por entero, como… ¿Como qué? ¿Como amante? La hija de Carter no podía ser la mujer para él.

No obstante, cuando estaba con ella, no pensaba en lo que su padre le había hecho.

Carissa murmuró algo y se dio la vuelta. Alexei dejó de pensar al ver esos pechos balancearse. Contuvo la respiración mientras paseaba los ojos por la estrecha cintura de ella, por sus caderas… Carissa tenía una pierna sobre la otra, casi ocultando el triángulo de negro vello. Recordó su apareamiento, la virginal estrechez de ella y la sorpresa de Carissa al alcanzar el éxtasis. Había estado deliciosa, encantadoramente entusiasmada.

La capacidad de controlarse lo abandonó. Había hecho todo lo que había podido, pero ya no aguantaba más. Al instante, se acercó a la mesilla de noche a por los preservativos.

Era un hombre, no un santo.

Unos minutos después, Alexei la abrazó, el pecho contra la espalda de ella, las piernas encajadas en las de Carissa, el pene en contacto con esas suaves nalgas.

—Alexei…

Carissa volvió la cabeza, la sedosa cortina de esos cabellos negros le picó y le excitó.

—¿Sí? —con una mano le cubrió un seno. Al instante, el pezón se irguió. Su deseo aumentó.

—Me alegro de que estés aquí —dijo ella casi sin aliento.

—Y yo.

Carissa le agarró la mano y se la llevó a la entrepierna.

—¿Vamos a volver a hacer el amor?

–Sí, si no estás dolorida –si lo estaba, iba a tener que recurrir a la imaginación. Estaba listo para enfrentarse a ese reto.

–No, no lo estoy –Carissa hizo ademán de girarse, pero él la sujetó, impidiéndoselo–. ¿No quieres ponerte encima?

La pregunta le hizo recordar la falta de experiencia de ella. Él era el primer hombre con el que había estado. Lo encontró tan erótico que casi perdió la razón. El suave y cálido cuerpo de Carissa era casi insoportable.

–Hay otras formas de hacerlo –murmuró Alexei.

Carissa suspiró. Alexei le soltó el pecho, le acarició el vientre y bajó hasta la entrepierna de ella. La encontró húmeda y caliente. El miembro le latía con fuerza cuando Carissa se apretó contra él.

–Enséñame –dijo ella en tono exigente al tiempo que le acariciaba el brazo.

Alexei introdujo una pierna entre las de ella, abriéndoselas un poco. Después, colocó el pene entre los muslos de Carissa y la penetró, despacio. Ella se movió, absorbiéndole, haciendo que la penetración fuera más profunda. Y él se adentró tanto como le fue posible.

La sensación fue exquisita. Maravillosa. Sentía tal placer que le llevó unos segundos darse cuenta de que Carissa se había puesto rígida.

¿Le había hecho daño? Preocupado, Alexei comenzó a salir del cuerpo de ella. Debería haber tenido más cuidado, haberla excitado más…

En ese momento, Carissa le agarró el muslo con fuerza.

–¡No!

–Carissa… –Alexei frunció el ceño, desconcertado por la contradicción entre la dura voz de ella y la forma como los músculos internos de Carissa amenazaban con hacerle perder el control.

A modo de respuesta, Carissa se apretó contra él, sujetándole.

–Esto es…

–¿Qué? –preguntó él apenas sin respiración–. ¿Cómo?

–Maravilloso –susurró ella–. Absolutamente maravilloso.

Las palabras de Carissa le provocaron un clímax devastador. Y en medio de esa vorágine de placer, la oyó reír mientras el orgasmo la sacudía.

El sexo con Carissa Carter era la mejor idea que había tenido en la vida o la mayor equivocación que había cometido nunca.

Capítulo 11

MINA, parpadeando, se estiró y despertó del sueño más profundo de su vida. Se sentía de maravilla, aunque ligeramente dolorida. Sonrió.

Estar con Alexei era mucho mejor de lo que nunca habría podido imaginar. Era maravilloso. Se sentía… diferente.

Al darse la vuelta en la cama, vio que las contraventanas ya no estaban. A través de los cristales se veía vegetación, flores color escarlata y un mar color turquesa. La tormenta había pasado.

¿Cuánto tiempo llevaba durmiendo? Demasiado, ya que Alexei no estaba allí. Sintió su ausencia.

Con un suspiro, se sentó en la cama. Pensó que, si a Alexei se le ocurriera entrar en la habitación, le obligaría a tumbarse a su lado para dedicarse a su nuevo y preferido pasatiempo. El sexo.

Pero no, no era solo sexo, lo que habían compartido era mucho más que una relación carnal. Había sido como…

Mina sacudió la cabeza. Daba igual, no podía ser. Era imposible. Por mucho placer que sintiera con él, la conciencia le impedía continuar su relación con él. No podía seguir acostándose con Alexei sin que él supiera quién era de verdad. El padre de Carissa le había robado una fortuna. Alexei era víctima de un delito y merecía comprensión, no que continuaran traicionándolo.

Además, se sentía culpable por estar engañándolo. Cierto que lo había hecho por lealtad a su amiga, pero un engaño era un engaño. No podía seguir mintiéndole y acostándose con él al mismo tiempo.

Mina sintió un escalofrío. Quería ser egoísta y seguir gozando como había gozado la noche anterior. Pero no podía, antes debía revelar a Alexei su verdadera identidad.

Seguramente, Alexei la comprendería. No insistiría en involucrar a Carissa en ese asunto.

Pero, de repente, recordó la ira con que Alexei había hablado del padre de Carissa. Albergaba la esperanza de que Alexei cambiara de idea respecto a Carissa, pero le era imposible estar segura de ello. Cabía la posibilidad de que Alexei no renunciara a su plan original.

Las bilis le subieron a la garganta al pensar en Alexei y Carissa. En Alexei casado con Carissa.

Le entraron ganas de gritar. No, no podía correr ese riesgo. Carissa le había pedido que aguantara un par de días más. Si ella revelaba la verdad, quizá Alexei decidiera seguir con su plan y utilizar a Carissa para vengarse de su padre.

Y a ella no le quedaba más remedio que reprimir el deseo que sentía por un hombre del que no podía fiarse del todo. Debía seguir mintiendo a un hombre que le gustaba mucho más de lo que había creído posible.

Mina se levantó de la cama. De dos cosas estaba segura: no podía revelar a Alexei su identidad todavía, debía esperar a que Carissa estuviera a salvo con Pierre; y, por otra parte, el honor le exigía no volver a acostarse con Alexei.

—Alexei…

Alexei, que estaba preparando una bandeja con comida, alzó la cabeza y la vio en el umbral de la puerta de la cocina. El corazón empezó a latirle con fuerza. Carissa Carter era una mujer encantadora.

—Deberías haberte quedado en la cama. Te iba a subir algo de comer —fue entonces cuando se dio cuenta de que Carissa estaba tensa—. ¿Te ocurre algo? —se acercó a ella al instante y le agarró las manos—. Dime qué te pasa.

—Me he dado cuenta de que… no te he pedido disculpas por lo que te ha hecho mi padre —respondió ella con expresión muy seria—. Ni siquiera, después de que me lo dijeras, te he preguntado si lo que ha hecho ha afectado mucho a tu negocio. ¿Es un completo desastre? ¿Se recuperará tu empresa?

Alexei sintió un alivio inmenso. Carissa estaba bien, no le había pasado nada.

—Gracias. Y no te preocupes, nos las arreglaremos. Mi empresa es muy sólida.

—Menos mal —Carissa asintió—. Me alegro.

La preocupación y la sinceridad, evidente en sus ojos y en la tensión de su expresión, se burlaron de las dudas que había tenido respecto a ella. Aunque

Carissa no quisiera traicionar a su padre, no era participe de las artimañas de este.

Aunque algo tarde, se había dado cuenta de que Carissa era inocente.

—Te he puesto en una situación muy difícil —declaró él.

—He sobrevivido cosas peores —respondió ella—. ¿Podríamos… podríamos olvidar eso por un tiempo?

—Será un placer —Alexei le acarició el pelo y después rodeó la cintura de Carissa con un brazo, atrayéndola hacia sí—. Hay otras cosas más placenteras.

Carissa evitó su mirada al tiempo que enrojecía.

—Respecto a eso… creo que tendremos que dejarlo de momento.

Alexei frunció el ceño. No podía dar crédito a lo que oía.

—¿Qué? ¿No quieres volver a acostarte conmigo?

La carcajada de ella le quitó un peso de encima.

—Estás muy seguro de ti mismo, ¿verdad?

—Tengo motivos para estarlo —Alexei bajó la mano para levantarle el borde de la minifalda. Ella se puso tensa al instante.

—Es que… no puedo. Me ha venido la regla.

—No voy a decir que no estoy decepcionado, pero he sobrevivido a cosas peores —dijo Alexei respirando hondo.

Al oírle repetir sus propias palabras, Carissa esbozó una traviesa sonrisa.

—Creo que ahora toca comer algo, ¿no te parece?

Ojalá la comida pudiera curar la frustración sexual. Los próximos días iban a ser muy difíciles para él.

–Para ser una persona que nunca había estado en un barco se te ve muy cómoda aquí –dijo Alexei, sacándola de su ensimismamiento. Sentada en el asiento del bote, alzó los ojos y vio que él la observaba con expresión interrogante.

–Me adapto fácilmente –murmuró ella mientras paseaba la vista por las aguas transparentes del mar y la blanca arena de la playa–. Además, la vista es fantástica.

–Sí, sí que lo es.

Henri y Marie no habían regresado a la isla, la tormenta había causado daños en su embarcación y la estaban reparando. Podrían haber vuelto en el helicóptero de Alexei, pero se estaba utilizando el aparato para ayudar con los daños causados por la tormenta.

–Al invitarme a ir en barco, imaginé que sería uno de esos cruceros de lujo. Pero creo que este bote va con tu personalidad –Mina se fijó en la camisa desabrochada de Alexei, en los pantalones cortos de algodón que llevaba y en esas fuertes piernas. El pulso se le aceleró.

–Prefiero algo más sencillo, más informal –respondió él encogiéndose de hombros–. A menos que tenga que salir a navegar con gente con la que hago negocios.

–Yo también lo prefiero.

De repente, Mina vio moverse el hilo de la caña de pesca.

—Mira, creo que eso se ha movido.

Alexei murmuró algo entre dientes y comenzó a rebobinar el carrete.

—¿Has pescado algo? —preguntó ella.

—Es posible —respondió él con los ojos fijos en el agua.

Mina se asomó, pero no podía ver nada.

Con un poco de suerte, iban a cenar pescado fresco. Aunque, por supuesto, no les faltaba comida en la casa. Marie había dejado la despensa bien abastecida.

De repente, a Alexei se le ocurrió que si Carissa no había estado nunca en un barco probablemente tampoco había pescado jamás.

—Toma, hazlo tú —dijo él pasándole la caña de pescar a Carissa.

El entusiasmo que vio en sus ojos le enterneció.

—¡Ha picado, lo noto! —Carissa comenzó a rebobinar; al principio, con cuidado, con más seguridad después—. ¡Aquí está!

El pez se revolvió en la superficie del agua. Alexei agarró el salabre y capturó el pez mientras ella lo subía al barco.

—Es un poco pequeño, ¿no?

Carissa se mordió el labio. Tenía el ceño fruncido, como si no estuviera contenta. Al parecer, era bastante blanda.

—No es muy grande, no —Alexei, calló unos segundos, observándola. El pez era de un tamaño razonable, pero Carissa ya estaba asintiendo.

—¿Podemos soltarlo? Lo digo para que crezca un poco más.

–¿Es eso por lo que quieres soltarlo?

–Bueno… Me ha gustado pescarlo, es muy emocionante, pero no necesitamos comida, ¿verdad? Si quieres, puedo preparar una ensalada y tenemos muchas otras cosas para comer.

Alexei asintió, desenganchó el anzuelo y soltó al pez. La sonrisa con que Carissa le recompensó fue más que suficiente para compensar la pérdida del pez.

–Gracias, Alexei.

–De nada. Además, te has ofrecido para preparar la cena, ¿no?

Alexei bajó la cabeza y agarró la muñeca de ella después de que Carissa se quitara el sombrero para darle con él en la cabeza. Después, cuando ella se tambaleó, él se la sentó encima. El bote se meció a un lado y a otro.

–¿Quién va a querer un pez cuando tiene encima a una sirena?

Ella se quedó muy quieta, mirándolo con ensoñación.

–Sabes que no podemos…

–Sí, ya lo sé. Solo besos.

Consciente de que Carissa le deseaba tanto como él a ella, se dio por satisfecho. A pesar de tenerla en sus brazos sabiendo que no podía poseerla aumentaba su frustración sexual.

Y la besó. A conciencia.

Capítulo 12

CUÁNDO te diste cuenta de que querías dedicarte al arte? –preguntó Alexei mientras ella dibujaba.

Verla trabajar, como había estado haciendo los últimos días, confirmaba que Carissa era realmente una artista, no una niña mimada jugando a ser algo que no era.

–No fue una decisión consciente. Siempre me ha interesado el arte.

–¿Fuiste a clases de Arte cuando eras pequeña?

–¡Ojalá! –exclamó ella con una mueca burlona–. Aprendí yo sola, hasta que ingresé en la Escuela de Arte. Aunque me habría encantado empezar antes. Ni siquiera pude elegir arte como asignatura optativa en el colegio. Mi padre no me dejó.

–¿No?

Carissa sacudió la cabeza y el pelo de ella le distrajo. La ropa que llevaba le recordó que no era como había supuesto al principio. En vez de ropa de diseño, vestía pantalones y faldas cortas, y ajustadas camisetas increíblemente sexys.

Nunca había deseado tanto a una mujer. Después de toda una vida de estar solo, quería algo más. Quería compartir su vida con una persona especial.

Al darse cuenta de lo que se le había ocurrido, Alexei se quedó sin respiración.

¿Compartir su vida? No, aquello no podía ser amor. No iba a caer víctima del sentimentalismo. No obstante, lo que había entre Carissa y él era más que sexo. Llevaban días sin acostarse y su interés por ella había acrecentado. Se respetaban y se gustaban, y eso podía formar las bases de una sólida relación.

Se lo decía el instinto y él siempre se fiaba de su instinto.

—¿Por qué no te dejó tu padre estudiar Arte? —quizá el padre y la hija no estaban tan unidos como había creído en un principio.

—Quería que hiciera algo útil, como estudiar Económicas —respondió Carissa con horror—. ¡Habría sido un desastre!

Recordó que Carter le había dicho que su hija no estaba hecha para los negocios.

—¿Cómo convenciste a tus padres para que te dejaran estudiar Arte?

—No les pedí permiso, lo hice simplemente —Carissa dejó de dibujar y alzó la cabeza—. ¿Y tú? ¿Cómo te dio por estudiar Informática? ¿Te pasabas el día entero delante de un ordenador cuando eras pequeño?

Alexei decidió contarle a esa mujer cosas que no había contado nunca a nadie.

—No teníamos mucho dinero, y el poco que teníamos mi padrastro se lo gastaba en sus cosas.

—Qué hombre tan egoísta, ¿no?

—No te lo imaginas. Se casó con mi madre por el dinero de un seguro que ella recibió al morir mi padre. No era una fortuna, pero lo suficiente para vivir y para que yo tuviera una educación decente.

–¿No tuviste ni casa ni educación decente? –preguntó ella con extrañeza, pero dibujando de nuevo.

–Sí, tuvimos casa durante dos años. Mi madre tuvo que hipotecar la casa para cubrir los gastos de ese hombre, pero también eso se acabó. Cuando el dinero se agotó, él se marchó.

–Debía ser un hombre despreciable –dijo Carissa con evidente desprecio–. Usar así a una mujer… hay demasiada gente egoísta en el mundo.

–Hablas como si hubieras conocido a unos cuantos –Alexei había imaginado que Carissa se había criado envuelta en algodón.

–Sí, así es –Carissa suspiró–. ¿Y tú? Debiste alegrarte cuando tu padrastro se marchó.

–Desde luego. Sin embargo, los problemas no desaparecieron con él.

–¿No?

Alexei se encogió de hombros.

–Se había endeudado y las deudas estaban a nombre de mi madre, y los prestamistas no tienen compasión. Mi madre acabó trabajando en tres sitios diferentes a la vez. No es de extrañar que acabara en la tumba demasiado joven.

Carissa le agarró las manos y se las acarició.

–¿Y tu educación? ¿No era gratis el colegio?

–Tuve que dejar de ir al colegio para ponerme a trabajar –contestó él.

–¿Qué edad tenías cuando dejaste el colegio? –preguntó ella frunciendo el ceño.

–Once años.

Carissa sacudió la cabeza y le puso una mano en la mejilla. Después de la muerte de su madre, nadie le había hecho eso.

–Tu madre debía estar muy preocupada por ti.

–Sí, así es, pero no me quedó más remedio que poner mi granito de arena para que los dos pudiéramos sobrevivir.

–De todos modos, tu madre te quería. Eso es lo más importante.

Mina no tenía ningún recuerdo de su madre. Muchas veces, se había dicho a sí misma que eso no era importante. Su hermana mayor, Ghizlan, había sido como una madre para ella y había compensado la actitud distante de su padre.

No obstante, las palabras de Alexei habían abierto una herida. De repente, sintió el agudo dolor de la soledad, el rechazo de su padre, la falta de su madre…

Al darse cuenta de los derroteros que estaban tomando sus pensamientos, pensó en Alexei, en que él había perdido a su padre de pequeño y en los problemas que había tenido.

–Dime, ¿cómo te pusiste a estudiar Informática?

–Empecé a visitar un centro de la comunidad para jóvenes. Allí tenían un ordenador bastante viejo. Uno de los empleados me enseñó unas cuantas cosas y pronto me di cuenta de que se me daba bien.

–Hablas como si fuera muy fácil pasar de hacer cosas con un viejo ordenador a montar una empresa de informática multimillonaria.

–No, claro que no fue fácil, pero no voy a aburrirte con los detalles.

Mina abrió la boca para protestar, quería saber más cosas sobre él. Cualquier cosa. Todo. Pero se dio cuenta de que él había dado por zanjado el tema.

–¿Cómo se conocieron tus padres?

–En unos juegos olímpicos –respondió Alexei con desgana–. Mi padre era un atleta y mi madre era una fisioterapeuta que viajaba con el equipo ruso. Se conocieron, se enamoraron y se fueron juntos el día anterior a la ceremonia de cierre de los juegos.

–¡Vaya! Así que fue rápido. Debían estar muy enamorados.

–Sí, lo estaban. Siempre lo estuvieron. Cuando mi padre murió, mi madre se quedó destrozada. Se volvió a casar porque no soportaba estar sola –una sombra cruzó la expresión de él–. ¿Y tus padres? ¿Cómo se conocieron?

A Mina le dio un vuelco el corazón. Cada minuto que pasaba se sentía más incómoda por tener que mentir. Estaba deseando poder acabar aquella farsa.

–Se conocieron el día posterior a su compromiso matrimonial.

–¿Fue un matrimonio amañado? –preguntó Alexei con expresión perpleja.

–Es una tradición en mi familia –Mina contuvo una dolorosa sonrisa–. Creo que llevo aquí sentada demasiado tiempo. Necesito algo de ejercicio. ¿Qué te parece si vamos a nadar un rato?

Alexei se acercó a ella, pegando el cuerpo al suyo.

–Si lo que necesitas es ejercicio, se me ocurre uno

en particular que… –Alexei no terminó la frase, los ojos se le oscurecieron y ella se inclinó sobre él.

Entonces, bruscamente, él se apartó de ella, lanzó un gruñido y sacudió la cabeza.

–Vas a acabar conmigo –pero lo dijo sonriendo–. Venga, vamos a gastar energía.

Alexei le agarró la mano y ella lo siguió. Ese era el problema, no podía resistirse a él. Quería estar con ese hombre a todas horas.

Capítulo 13

SENTADO detrás de su escritorio y con el teléfono al oído, Alexeí sonreía. Habían encontrado a Ralph Carter en un casino en el sur de Suiza. Había logrado despistar a los investigadores privados hasta ese momento, pero ahora ya no tenía escape. Carter iba a enfrentarse a las consecuencias de sus actos.

Alexei estaba sumamente satisfecho.

Hasta que se acordó de Carissa. Pensó en el brillo de sus ojos, en la suave ronquera de su voz al gritar su nombre en la cúspide del éxtasis, en su boca sensual...

¿Cómo reaccionaría al enterarse de que su padre iba a pagar por lo que había hecho?

Las dudas le asaltaron. Aquella semana se había dado cuenta de que Carissa no era una egoísta niña mimada. Él admiraba la honestidad, generosidad y dedicación de ella. Aquello iba a hacerla daño.

Alexei enderezó los hombros. Carissa no podía esperar que olvidara el delito que su padre había cometido contra él. Era consciente de la situación. No le había pedido que perdonara a su padre. Aunque, pensándolo bien, de repente le pareció extraño que no lo hubiera hecho.

Mientras escuchaba a su secretaria, Alexei agarró el cuaderno de dibujo de Carissa y lo abrió. Carissa lo había dejado en la piscina y él, al responder la llamada, lo había llevado a la casa. Claramente, Carissa lo había olvidado, debía haber estado pensando en qué iba a cocinar ya que le tocaba a ella.

Henri y Marie iban a regresar al día siguiente y, a partir de entonces, la comida sería excelente. Pero él habría preferido una semana más a solas con Carissa.

—Muy bien. Pronto estará todo solucionado.

—Hay una cosa más —dijo su secretaria con cierta vacilación—. Una mujer ha estado llamando constantemente, insiste en hablar con usted.

Alexei frunció el ceño. Pagaba a su secretaria un salario extraordinario; a cambio, esperaba no ser molestado con cosas sin importancia. Obviamente, la mujer que había llamado debía tener sus motivos.

—¿Y?

—Ha dicho que es Carissa Carter.

—¿Cómo? —Alexei se enderezó en el asiento.

—Que dice que es Carissa Carter, la hija de Ralph Carter.

—Es evidente que esa mujer miente.

—Eso es lo que yo creía al principio. Pero ha dado todo tipo de detalles que me han parecido muy convincentes.

El hecho de que su secretaria pensara aquello era significativo. Además de leal, era muy inteligente, debía tener buenos motivos para contarle eso.

—Muy bien. Deme su número de teléfono.

Unos minutos después, Alexei hizo la llamada.

–¿Sí? –contestó una voz aguda que le resultó ligeramente familiar.

Alexei se inclinó hacia delante, plantó una mano en la superficie de su escritorio.

–¿Carissa Carter?

–Sí. Yo... ¿Quién es?

Alexei palideció. Sí, reconocía esa voz. Era la voz de la mujer con la que había hablado una semana atrás. La mujer que se suponía iba a ir a su isla.

–Soy Alexei Katsaros.

Oyó un gemido y luego un ruido, como si el teléfono se hubiera caído. Al instante, se le hizo un nudo en el estómago.

–Perdone. ¿Me oye?

–Sí, la oigo. ¿Qué es lo que quiere?

La persona responsable de esa farsa iba a pagarlo muy caro. Nadie iba a jugar con él.

–He llamado para decirle que me he casado. Sé que mi padre le hizo creer que yo estaba... disponible. Pero se equivocó. Usted y yo no podemos casarnos –declaró ella precipitadamente–. Debería habérselo dicho antes. Lo siento. Pero estaba tan... La verdad es que me encontraba muy confusa cuando hablé con usted. Ha sido Pierre quien me ha dicho que debía llamarlo para dejar las cosas claras, y Mina me dijo lo mismo, pero yo estaba tan... –Alexei oyó un sollozo ahogado–. He llamado a Mina varias veces, pero no he conseguido hablar con ella. ¿Está bien? ¿Le ocurre algo?

A Alexei le daba vueltas la cabeza. Pero no, aquello no era una broma. Esa mujer con la que estaba hablando era Carissa Carter.

Veinte minutos más tarde, Alexei seguía sentado detrás de su escritorio con la mirada perdida y el teléfono apagado. Ahora estaba al tanto de la situación. Su invitada era la princesa Mina de Jeirut, la hermana de la reina de ese país. Una mujer rica perteneciente a una familia real que se había hecho pasar por Carissa, que le había engañado.

Carissa y Mina le habían tendido una trampa y él había caído en ella. Esta vez, no se trataba de negocios, sino de algo personal.

Mina, la princesa, se había reído de él.

¿Y su relación? Solo sexo y mentiras.

Una profunda ira se le agarró a las entrañas. Pero esperó a recuperar el control sobre sí mismo antes de levantarse y encaminarse hacia la puerta.

Mina, mientras sacaba una cazuela del horno, canturreaba. Olía de maravilla. Era el único guiso que sabía hacer bien, un guiso tradicional de su país a base de verduras con especias. Había valido la pena el esfuerzo.

Iba a ser la primera vez que ofreciera algo delicioso a Alexei. Sonriendo, puso la cazuela en el mostrador de la cocina.

Alexei nunca se quejaba de la comida que ella preparaba; no obstante, daba mucha satisfacción preparar algo realmente bueno para la pareja de uno.

¿La pareja?

Su relación era transitoria. Alexei Katsaros no era su pareja y no lo sería nunca. No obstante, una voz interior la desafió.

Sí, quería que Alexei fuera su pareja. Y cuanto antes lo reconociera, mejor sería.

Lo que sentía por Alexei era mucho más que atracción sexual. Desde que había llegado a la isla hasta ese momento, había estado engañándose a sí misma, fingiendo que lo que había entre Alexei y ella era puro magnetismo animal, nada más. La verdad la había asustado. La verdad podía cambiarle la vida.

Mina se llevó la mano al pecho. El corazón le latía con fuerza.

Un ruido la hizo levantar la mirada y, al instante, algo en lo más profundo de su ser se iluminó. Alexei estaba en el umbral de la puerta, con un hombro apoyado en el marco, de brazos cruzados.

Al instante, el deseo se apoderó de ella. Y más, mucho más. Cuando Alexei estaba con ella, dejaba de preocuparle la situación en la que se encontraba. Con Alexei, el mundo cobraba sentido. Era una locura, pero no podía evitar lo que sentía por él.

Mina sonrió.

—Huele muy bien, ¿verdad? —Mina se inclinó sobre la cazuela y, al inhalar, pensó en su país, en Jeirut. ¿Qué le parecería Jeirut a Alexei? Le encantaría llevarle allí—. Y te prometo que no he quemado el guiso ni lo he dejado crudo. Voy por los platos.

—No deberías ponerte a mi servicio, princesa.

Mina levantó la cabeza bruscamente. No las palabras, sino el tono de voz de Alexei, fue lo que la sacudió con fuerza. Al clavar los ojos en los de él, le dio un vuelco el corazón.

Alexei lo sabía.

Y estaba furioso.

Alexei la vio echarse a reír, tenía el rostro pálido y la expresión mostraba orgullo.

En ese momento, su última esperanza se desvaneció. Y, con ella, los locos deseos que había albergado.

Mina enderezó los hombros y echó la cabeza hacia atrás, alzando la barbilla. Su mirada se tornó altiva, la misma altivez que él había visto en ella al llegar a la isla.

Esa mujer acababa de convertirse en otra persona. Una persona que lo miraba con frialdad y la altanería digna de un miembro de la realeza. Una mujer engañosa, una mentirosa.

La cariñosa joven era una quimera. Se había reído de él. ¿Hasta qué punto? ¿Había sido todo falso?

Abandonó esos pensamientos. La ira que había contenido después de la llamada telefónica se desbordó.

–Debes estar acostumbrada a que todo te lo hagan sirvientes.

El rostro de ella volvió a cambiar, su expresión se tornó indescifrable. ¿La había entretenido jugar a engañarle? ¿Le había divertido la facilidad con que le había seducido?

Sintió como si le hubieran clavado un puñal en el corazón.

–Te equivocas, Alexei. Yo no tengo sirvientes.

* * *

–Deja de mentir, princesa. La farsa se ha descubierto.

Alexei le hablaba como un desconocido. Un frío y cruel desconocido. Y ella dio un paso atrás.

La furiosa persona que tenía ante ella no era su amante. Se dio cuenta, sin lugar a dudas, que ese hombre ignoraría sus súplicas y sus razones. Ese hombre no se ablandaría jamás.

Mina había sabido que tendría problemas cuando se descubriera la verdad. Pero, últimamente, se había convencido a sí misma de que no sería tan terrible, de que quizás Alexei y ella acabarían tomándoselo a broma.

Solo a base de fuerza de voluntad logró contener el ataque de risa histérica que había sufrido. De nuevo, había sido una ingenua.

De nuevo, se cubrió con un manto de compostura con el que había aprendido a cubrirse desde pequeña. El manto que había llevado al enfrentarse con su padre o al enfrentarse a las curiosas miradas de la gente. Tanto su padre como la gente se habían preocupado más de que representara correctamente su papel como miembro de la casa real que de la verdadera chica que había detrás de esa máscara.

–Tienes razón, es hora de que la verdad salga a la luz –durante ese tiempo en la isla, se había engañado a sí misma, se había convencido de que Alexei la quería tanto como ella a él.

–Bastante tarde, ¿no te parece? Eres la princesa Mina de Jeirut, ¿verdad? –Alexei lo dijo como si fuera algo de lo que avergonzarse.

Lentamente, Mina asintió.

–Sí, lo soy. Pero repito, no tengo sirvientes. Estoy acostumbrada a cuidar de mí misma.

No sabía por qué le estaba diciendo eso, estaba claro que eso a Alexei no le interesaba. No obstante, para ella era importante hacerle comprender que, a pesar de su linaje, era una persona normal.

–¿Qué pretendes con eso, que te compadezca? –Alexei alzó las cejas con gesto burlón–. ¿Por qué te has prestado a esta farsa, por dinero? ¿Porque te has gastado tu herencia? ¿Estás buscando a alguien que te solucione la vida?

El insulto había sido directo. Incluso alguien con tan poca experiencia como ella se daba cuenta del desprecio que había en la mirada de él.

A Mina se le encogió el corazón. El dolor que sintió fue profundo, pero no podía permitir que se le notara.

–No seas ridículo. Yo…

–¿Ridículo?

Alexei se apartó del marco de la puerta y, aún con los brazos cruzados, se acercó a ella. De no estar tan perpleja, quizá se hubiese asustado. Pero el orgullo le impidió mostrarlo.

–Sí, claro que es ridículo. No me interesa en absoluto tu dinero, no necesito que me mantengas económicamente.

¿Cómo podía pensar Alexei semejante cosa? ¿Acaso creía que todo el mundo quería sacarle algo?

–En ese caso, ¿por qué lo has hecho? ¿A qué has venido aquí? ¿Un experimento social para ver cómo vive la gente normal? ¿Tan aburrida es la vida de una princesa que ha encontrado necesario divertirse con alguien criado en la pobreza?

—¡No es posible que pienses eso! —exclamó Mina horrorizada.

—¿No? ¿Por qué no? —Alexei se inclinó sobre ella y Mina solo vio desdén en sus ojos.

—Para empezar, no puede decirse que un hombre en tu posición esté en la miseria —¿cómo se atrevía a atacarla así? Sí, era culpable. Le había mentido, pero había tenido un buen motivo para hacerlo—. Y en segundo lugar, tú también eres responsable de lo que ha ocurrido.

—¿Yo? —dijo Alexei con incredulidad.

—Sí, tú —a pesar del dolor, una súbita cólera se apoderó de ella—. Hiciste que Carissa pasara por un auténtico infierno. Y yo…

—¿Tú, qué? No creo que puedas decirme que esta semana aquí también ha sido un infierno para ti.

Alexei estaba tan cerca que pudo oler el aroma a cedro y cítricos propio de él. Con horror, comprobó que seguía deseándole, más que nada en el mundo.

—Yo he hecho lo que he hecho por mi amiga —dijo ella con un esfuerzo por no perder la compostura—. Tú amenazaste con secuestrarla.

—Yo jamás he hecho eso. Su padre me la ofreció y yo, simplemente, la invité a que viniera aquí…

—¡No, no fue así! Todo empezó cuando decidiste utilizar a Carissa para alcanzar tus propios fines. ¿Tienes idea de lo asustada que estaba cuando recibió tu llamada?

—Porque estaba compinchada con su padre.

Aunque pareciera imposible, Alexei parecía aún más furioso que antes.

Mina sacudió la cabeza.

–Si conocieras a Carissa te darías cuenta de que eso es imposible. Carissa es incapaz de mentir, aunque le vaya la vida en ello. Ni siquiera consiguió pensar en una excusa para defenderse de ti cuando enviaste a tus gorilas.

–Pero no fue Carissa quien vino, ¿verdad? Fuiste tú. Y a ti mentir se te da muy bien.

–¿Esperas que te pida disculpas por lo que he hecho? –preguntó Mina estupefacta–. He conocido a muchos hombres manipuladores, hombres que utilizan a las mujeres como si solo fueran objetos, como si no valieran nada. Pero creía que era una especie en extinción… hasta que te conocí a ti.

Mina se negó a verle de otra manera. La ternura que había sentido en él debía haber sido un espejismo o una broma cruel.

–Tú tienes la culpa de lo que te pasa –añadió Mina–. La pobre Carissa no sabía qué hacer, creía que su padre iba a perder su trabajo si ella se negaba a venir aquí.

Mina retrocedió, pero solo lo hizo para pasearse por la cocina, no podía permanecer quieta, no podía calmarse.

–¡Ni se te ocurra marcharte de aquí! –gritó él a sus espaldas.

–¿Y qué vas a hacerme si me marcho? –Mina se volvió y lanzó a Alexei una furiosa mirada–. ¿Me vas a encerrar? ¿Me vas a secuestrar?

–Tú crees que el hecho de pertenecer a una familia real te libra de las consecuencias de tus actos.

–Esto no tiene nada que ver con ser una princesa.

Los ojos de Alexei echaron chispas.

–Has intentado evitar que yo encontrara a Carter. Ese hombre es un ladrón.

Mina se llevó las manos a las caderas y le lanzó una mirada desafiante.

–Lo único que yo he hecho es ayudar a mi amiga para que no acabara casada con un estúpido arrogante que trata a la gente con absoluto desprecio –Mina respiró hondo–. ¿Te has parado a pensar alguna vez en tu vida el daño que puedes hacer a algunas personas con tu comportamiento?

–Como a ti, ¿verdad? ¿Tú te consideras la parte perjudicada? –dijo Alexei con absoluto desdén–. Apenas sé nada de Jeirut, pero sí sé que es una sociedad muy tradicional. No creo que miren bien a una princesa que haya tenido una aventurilla amorosa. ¿Qué piensas hacer al respecto, cuando se descubra que hemos estado solos aquí durante días? ¿Vas a decir que te he violado? –dijo él con un gruñido.

–¿Cómo puedes pensar semejante cosa? –respondió ella con indignación.

–Entonces, ¿qué? ¿Vas a pedirle al rey de Jeirut que me exija una exorbitante cantidad de dinero por haber desvirgado a la princesa?

Mina no daba crédito a lo que estaba oyendo. ¿Cómo podía pensar él eso? Una profunda herida se abrió en lo más profundo de su ser.

–Sí, debe ser eso –la furia de Alexei se desvaneció de repente, solo quedó desilusión–. Te has divertido y ahora esperas que otro pague el precio.

Mina abrió la boca, pero volvió a cerrarla. Se había quedado sin habla. ¿Cómo había podido entregar su corazón a un hombre que tenía tan baja opinión de ella? Porque lo que había perdido con él era su corazón, no solo su inocencia.

—Me gustaría marcharme de aquí ya —declaró ella—. Supongo que puedes organizar el viaje, ¿no?

—Será un gran placer.

Mina se volvió hacia la puerta, incapaz de soportar el desdén de Alexei un segundo más.

—Excelente. Al menos, en eso estamos de acuerdo.

Capítulo 14

PARÍS no estaba lo suficientemente lejos.

Alexei la había llamado al móvil mientras ella estaba en la ducha y le había dejado un mensaje. Al ver que tenía un mensaje de Alexei, lo había borrado sin oírlo.

Tanto si la había llamado para seguir insultándola o para pedirle disculpas, daba igual. El hecho era que ella le había mentido. Pero lo peor era que se había enamorado de Alexei.

Incluso si Alexei había llamado para decirle que sentía haberse excedido en su reacción, lo que era tan probable como que nevara en el desierto, no sería suficiente. Incluso si, como por milagro, Alexei la hubiera perdonado y hubiera decidido que la relación sexual entre ambos era demasiado buena para desperdiciar la ocasión y le propusiera una aventura amorosa, ella sabía que necesitaba más.

Lo quería todo o nada.

Nada era la opción lógica.

Oyó unos golpes en la puerta y el corazón le dio un vuelco. No, no podía ser. No quería que fuera él. No obstante, la mano le tembló al abrir. Una profunda desilusión la sobrecogió al ver que no era Alexei, sino su mejor amiga.

–¡Carissa!

Su amiga la abrazó con fuerza, envolviéndola en su perfume de rosas.

–¿Estás bien? Tienes un aspecto terrible.

–Falta de sueño –respondió Mina al tiempo que tragaba el nudo que se le había formado en la garganta–. Pero estoy bien. Estaré bien. ¿Y tú? Estás guapísima. El matrimonio te sienta bien.

Carissa sonrió. Nunca había estado tan guapa. Mina rechazó la punzada de envidia que sintió al ver que su amiga había encontrado la felicidad con el hombre al que adoraba.

–Es maravilloso. Pierre es el mejor hombre que he conocido. Y todo te lo debo a ti. Si no hubieras ido…

–Me alegro de haber podido ayudarte –Mina cerró la puerta y empezó a andar camino del cuarto de estar, pero Carissa la detuvo.

–Lo siento, cielo, pero no tengo tiempo. Pierre y yo nos vamos ahora a ver a su familia, para que me conozca. Deséame suerte.

–Una vez que te conozcan, les encantarás. Dales tiempo.

Carissa asintió.

–Eso es lo que Pierre ha dicho. Pero yo no estoy segura y… –de repente, Carissa agrandó los ojos desmesuradamente–. ¡Cómo se me ha podido olvidar! ¿Estás metida en un lío? Eso es lo que he venido a preguntarte.

–¿Un lío?

–Debiste llegar muy tarde anoche. Yo ni siquiera sabía que habías vuelto. Y justo ahora, en tu calle, he visto a esos hombres, los que te llevaron a la isla de Alexei Katsaros. Estaban saliendo de nuestro edificio, se han metido en un coche negro grande y se han ido.

–¿Estás segura que eran los mismos hombres?

Mina apenas podía contener la emoción. No obstante, era consciente de que no debía albergar ninguna esperanza. Alexei y ella no tenían un futuro juntos.

–No podría olvidarlos jamás –Carissa tembló–. Les vi muy bien a través del ojo de buey de la puerta el día que te llevaron a la isla. ¿Qué crees que quieren? ¿A qué han venido?

–Quizá para ver si he llegado sana y salva.

Cabía la posibilidad de que Alexei tuviera mala conciencia y quisiera estar seguro de que ella se encontraba bien. La noche anterior ella se había negado a que uno de los empleados de Alexei la acompañara del aeropuerto a su casa.

–No se te da bien mentir, Mina. Le diré a Pierre que no podemos ir a ver a su familia hoy y…

–No, no, nada de eso. Tenéis que ir –declaró Mina con decisión.

–En ese caso… ¿cómo podemos ayudarte? –Carissa le puso un brazo sobre los hombros y Mina tuvo que hacer un esfuerzo para no echarse a llorar.

–Ayúdame a hacer el equipaje. Me voy a Jeirut.

El palacio real de Jeirut se encontraba en lo alto de una meseta, la ciudad se extendía a su alrededor y más allá el desierto.

Después de pasar por salas y más salas, cada una más magnífica que la anterior, Alexei se encontró por fin en presencia del jeque, Huseyn, también conocido con el apodo «Mano de Hierro». Por fin, cuando los cortesanos les abandonaron y ambos hombres se quedaron solos, el cuñado de Mina, el jeque, arqueó una ceja.

—Tengo entendido que ha venido a hacer una petición.

—Quiero hablar con su cuñada —respondió Alexei, plenamente consciente de que el jeque ya lo sabía. Para conseguir que Huseyn le recibiera, el trámite burocrático había sido arduo.

—Si tiene algo que comunicarle, yo le pasaré el mensaje. En estos momentos Mina no puede recibirlo.

Pero Alexei no estaba dispuesto a darse por vencido. No había logrado verla en París, Mina se había marchado antes de que él llegara, pero la vería allí. Mina debía estar furiosa y dolida, pero no se escondería, era demasiado orgullosa.

—Gracias. No obstante, prefiero hablar con Mina en persona.

—¿Algún motivo por el que deba permitirle verla? —preguntó él en tono ligeramente amenazante.

—Quien debe tomar la decisión de verme o no es Mina.

El jeque no respondió. Se hizo un profundo y gélido silencio.

—Yo soy el monarca y el cabeza de familia —declaró Huseyn por fin—. Es mi deber protegerla.

—Respeto su deseo de protegerla, pero Mina es

capaz de encargarse de sus asuntos. Dudo que quiera que nadie, ni siquiera su familia, hable por ella.

Para sorpresa de Alexei, el jeque sonrió.

—Conoce bien a Mina —Huseyn hizo una pausa—. ¿Qué le ha traído a Jeirut? Supongo que no ha venido solo para ver a mi cuñada. ¿Va a abrir una sucursal de su empresa aquí? ¿O uno de sus centros para jóvenes? Esto último es digno de alabanza.

Huseyn le había investigado a fondo. Era algo que él mismo aprobaba. Era lo que él mismo habría hecho… A parte de una excepción, Carissa Carter. Había sido un error imperdonable; pero, por otra parte, le había dado la oportunidad de conocer a Mina.

—Le felicito, Alteza. No hay mucha gente que esté enterada de mi responsabilidad respecto a esa iniciativa.

—Es mi deber investigar a los hombres que muestran interés por mi cuñada —respondió Huseyn—. Entonces… ¿le interesaría trabajar en Jeirut?

—Eso dependerá del resultado de mi conversación con Mina —Alexei apretó la mandíbula—. ¿Es ese el precio que debo pagar para que se me permita verla?

El jeque lo miró fijamente durante unos segundos. Después, como si hubiera tomado una decisión, asintió.

—No es como lo imaginaba, señor Katsaros. Venga, le llevaré a verla.

Al parecer, había pasado la prueba. Debería sentirse aliviado. Sin embargo, mientras seguía a Huseyn, se dio cuenta de que jamás había estado tan nervioso.

Quizá por eso, cuando el jeque le llevó a una lujosa estancia, Alexei tardó unos segundos en reconocer a Mina. Había dos mujeres, ambas contemplando una caja de joyas de terciopelo que estaba sobre una mesa. Una de las mujeres era la esposa del jeque de Jeirut, lo sabía por sus investigaciones. La otra… la otra le dejó sin respiración cuando clavó sus hermosos ojos castaños en él.

Mina. El suelo pareció temblar a sus pies. Un profundo anhelo lo embargó.

Mina llevaba un vestido de noche color carmesí de escote cuadrado. El cabello, recogido en un moño y adornado con una tiara de brillantes.

¿Cómo había podido creer que esa mujer era Carissa Carter? Mina era una princesa. Y la mujer más deslumbrante que había visto en su vida.

El corazón le golpeaba las costillas con sus latidos mientras hacía un esfuerzo por no acercarse y rodearla con los brazos. Pero al ver la expresión de dolor de ella, la mala conciencia por el daño que él le había causado disipó sus esperanzas.

Alexei tenía el mismo aspecto. No, no era así. Le veía más alto, más sexy, más carismático de cómo se había permitido recordarle.

El único cambio en él, aparte del exquisito traje, eran las ojeras. Cansado por el viaje. No quiso imaginar que su ausencia le había hecho perder el sueño.

Mina respiró hondo y fue a cerrar las manos en puños. Fue entonces cuando notó el collar de diamantes que tenía en una mano. Fue a ponerlo en su caja, pero la mano le temblaba. Por suerte, Ghizlan se lo quitó.

Desde que Huseyn le anunciara que Alexei estaba de camino a Jeirut, Mina no había podido contener los nervios. La insistencia de Ghizlan de que se vistiera para un banquete que la casa real organizaba ese día, le había proporcionado una bienvenida distracción. Pero ahora, cubierta en seda y adornada con brillantes, tuvo la impresión de que él se lo echaría en cara.

Mina alzó la barbilla y miró a Alexei a los ojos. No estaba avergonzada de su linaje. No iba a disculparse por ello. Era quien era, tan cómoda con un vestido de noche como con unos viejos pantalones vaqueros.

—Mina —dijo Alexei con esa voz profunda que la hacía perder el control.

—Alexei —después, se volvió hacia su hermana—. Ghizlan, te presento al señor Katsaros.

—Señor Katsaros —Ghizlan asintió levemente y lanzó una gélida mirada a Alexei.

—Alteza —respondió Alexei antes de volver de nuevo la mirada hacia ella.

Mina había ido a Jeirut impulsivamente, desesperada por el confort que su hermana siempre le había ofrecido. Pero ahora, quien debía enfrentarse a Alexei era ella, sin ayuda de nadie.

—Me gustaría hablar con Alexei a solas.

Huseyn cruzó los brazos.

—Lo que él tenga que decir puede decirlo delante de tu familia.

—Sin duda, Mina tiene derecho a hablar en privado —dijo Alexei mirándola a los ojos.

—La conversación no va a llevar mucho tiempo

–dijo Mina lanzando una mirada suplicante a su hermana–. Después me reuniré contigo de inmediato.

Ghizlan asintió.

–Acabaremos luego con esto.

Su hermana agarró a Huseyn del brazo. Este, durante unos instantes, no se movió. Después, asintió.

–Muy bien. Estaré en mi despacho –declaró Huseyn en tono de advertencia a Alexei, retándole a no dar un paso en falso.

–Tu familia es muy protectora –dijo Alexei cuando se quedaron solos.

–Sí, así es –a veces, demasiado. Pero era un gran consuelo tener una familia que se preocupaba por ella.

–Me alegro. Te mereces que te cuiden.

Sorprendida por el comentario, lanzó una cautelosa mirada a Alexei y esos ojos verdes que había tratado de evitar se clavaron en ella.

–Mina, siento mucho lo que ha pasado –Alexei alzó las manos en un gesto de cansancio, como si llevara encima una carga imposiblemente pesada–. Si pudiera borrar todo lo que dije ese día, lo haría. Estoy avergonzado de todo de lo que te acusé. Para eso he venido, para disculparme.

Mina se lo quedó mirando mientras trataba de reconciliar la imagen del hombre que recordaba con el Alexei que tenía delante. Los dos eran reales. Pero este, con esa angustia reflejada en sus ojos, era nuevo para ella.

–Tenías razón, Mina. Debería haber asumido la responsabilidad de mis actos. Sin embargo, la desilusión me cegó.

–¿Desilusión? –repitió ella, recuperando la voz–. No, no fue eso. Te pusiste como un loco.

Alexei inclinó la cabeza y después esbozó una amarga sonrisa.

–Puede que no lo creas, pero tengo fama de no perder el control nunca, ni siquiera cuando las cosas van mal, ni siquiera en situaciones de mucho estrés. No desperdicio energía enfadándome, prefiero emplear el tiempo en buscar soluciones y pasar a otra cosa.

Mina abrió la boca para protestar, pero volvió a cerrarla cuando Alexei alzó una mano.

–Por favor, escúchame.

Con desgana, ella asintió y vio cómo se le expandía el pecho al respirar hondo. Era un hombre alto, fuerte, imposiblemente deseable; no obstante, su expresión reflejaba un dolor que se hacía eco del que ella sentía. No sabía qué era lo que Alexei quería, pero debía escucharle.

–De pequeño, era un chico furioso, colérico, debido a mi padrastro; después, la ira no me abandonó, debido al modo como mucha gente trató a mi madre e, indirectamente, causó su muerte. Pero, por fin, aprendí a controlarme y a centrarme en el futuro. Y funcionó. Logré canalizar mis energías y alcancé las metas que me había propuesto.

Alexei hizo un gesto de impaciencia con la mano.

–Perdona, quizá sea demasiada información y no te interese.

Mina estaba fascinada. Pero también estaba desesperada por enterarse del motivo por el que Alexei había ido a Jeirut.

–¿Qué es lo que quieres decir exactamente, Alexei?

Alexei sonrió, pero la sonrisa no le llegó a los ojos.

–Lo que quiero decir es que nunca pierdo los estribos. Solo me ha ocurrido un par de veces. La primera vez, cuando descubrí que Ralph Carter había estado robando a la empresa y había traicionado mi confianza –la voz de Alexei adquirió un tono sombrío al añadir–: Verás, yo confiaba en él; la única persona en quien confié desde... En fin, no tiene importancia.

Sí la tenía. No se necesitaba ser psicólogo para comprender que a Alexei le costaba confiar en la gente.

–Y la segunda vez, cuando me enteré de que no eras quien se suponía que eras. Estallé.

Alexei sacudió la cabeza y un mechón de pelo le cayó por la frente, haciéndole recordar al hombre despreocupado con el que se había paseado por una playa caribeña.

Unos ojos profundamente verdes se clavaron en ella.

–Me dije a mí mismo que estaba furioso porque me habías engañado, porque Carissa y tú os habíais reído de mí. Aunque sé que tú no te has reído de mí. Pero, en el momento, lo único que sentía era un profundo dolor porque me había fiado de ti, había puesto mi confianza en ti, y tú traicionaste esa confianza.

De nuevo, la palabra confianza.

–Te insulté porque sentía algo por ti, Mina. Contigo quería cosas que nunca había querido con nadie. Por eso estaba furioso, porque esperaba que... –pero

Alexei no acabó esa frase, dejándola frustrada–. Por supuesto, eso no justifica mi comportamiento. No te merecías que te tratara como lo hice y te pido disculpas por ello.

Mina, con los ojos fijos en él, trató de leerle el pensamiento. Vio arrepentimiento y vergüenza. Pero… ¿qué más?

–¿Qué es lo que esperabas, Alexei? –preguntó ella con los nervios a flor de piel y el corazón saliéndosele del pecho.

–Esperaba que quizá pudiéramos tener un futuro juntos. Incluso llegué a preguntarme si querrías tener hijos.

–Pero… apenas hace una semana que nos hemos conocido –preguntó ella con asombro.

Alexei se encogió de hombros.

–Me dejo llevar por el instinto. En una semana sentí por ti algo que jamás había sentido.

–¿Qué sentiste? –preguntó ella casi sin aliento.

–Muchas emociones. Y no solo deseo, sino también cariño. Confianza en ti… –a Alexei se le turbó la mirada–. Aunque supongo que no lo demostré, dado el modo como me porté contigo –Alexei le agarró las manos–. No sabes cómo me arrepiento de ello. Pero eso ha hecho que me dé cuenta de que he estado reprimiendo mis sentimientos durante años, y no es sano. Estoy decidido a cambiar.

Mina no daba crédito a lo que acababa de oír, maravillada de que Alexei estuviera desahogándose con ella. Pero, sobre todo, estaba entusiasmada, Alexei sentía cariño por ella. ¡Incluso había pensado en un futuro con ella!

–Yo también te pido perdón, Alexei. Te mentí. Y aunque no quería hacerlo…

–Lo hiciste para proteger a tu amiga. La lealtad es algo maravilloso.

–Pero actué impulsivamente, sin pensar –declaró ella.

–Si no lo hubieras hecho no nos habríamos conocido.

Alexei la derritió con la mirada. Ningún hombre la había mirado así.

–Estoy hablando… pero tú no has dicho nada –Alexei le apretó las manos con más fuerza.

–Los dos nos excedimos –Mina respiró temblorosamente–. Me gustabas mucho, pero eso me asustaba.

–¿Te gustaba? ¿En pasado?

Mina ladeó el rostro y resistió el cobarde impulso de mentir.

–Me gustas. En presente –admitir eso le pareció el mayor gesto de valentía de su vida.

Mina tragó saliva mientras él le acariciaba con un dedo la mandíbula.

–A mí me pasa lo mismo. Me gustas y me asustas.

Ella esbozó una leve sonrisa.

–¿Quién eres y qué has hecho con Alexei Katsaros? A él no le asusta nada.

–Me asusta la posibilidad de perderte –contestó él–. Tengo miedo de haberlo estropeado todo irremediablemente.

–¿Qué es lo que quieres, una aventura amorosa? Mina tenía que preguntarlo, aunque, en lo más profundo de su ser, sabía que no era eso. Pero necesitaba oírselo decir.

Alexei le puso ambas manos en el rostro y le susurró a los labios:

—Quiero construir una vida contigo. Sé que es demasiado pronto, sé que apenas nos conocemos, pero no puedo vivir sin ti. Quiero que formes parte de mi vida y estoy dispuesto a hacer lo que sea con tal de convencerte de que me des una oportunidad —Alexei respiró hondo y ella sintió que le temblaban las manos—. Creo que estoy enamorado de ti.

Esas palabras la llenaron de felicidad.

—Y yo… llevo enamorándome de ti desde que te vi por primera vez en la isla. Me irritabas y me excitabas al mismo tiempo —Mina sacudió la cabeza—. Haces que sienta… de todo a la vez.

Alexei asintió.

—Lo mismo me ocurre a mí. Quiero estar contigo incluso cuando discutimos o cuando no estamos de acuerdo. Quiero hacer el amor contigo todo el tiempo. Pero también… simplemente, quiero estar contigo.

—A pesar de que yo vivo en París y tú vives…

—No tendría problemas en trasladarme, tengo flexibilidad.

Mina arqueó las cejas. Alexei era un hombre de negocios; sin embargo, ella era una artista que podía trabajar prácticamente en cualquier parte.

—¿A pesar de que soy una princesa?

—No voy a dejarte escapar con tanta facilidad —Alexei alzó una mano y comenzó a soltarle el pelo—. Además, estás muy sexy con la tiara.

Mina vio el malicioso brillo de los ojos de él y un profundo calor le penetró el bajo vientre.

–¿A pesar de que mi mejor amiga es la hija de Ralph Carter?

Alexei sacudió la cabeza.

–Para, deja de distraerme. No va a funcionar.

–¿Distraerte?

Alexei bajó el rostro y sus labios casi se rozaron.

–Voy a besarte, Mina, hasta que dejes de poner obstáculos. Voy a besarte hasta que accedas a aceptarme en tu vida para que pueda demostrarte lo felices que podemos ser juntos.

El rostro de Alexei se había relajado. Y, por primera vez ese día, parecía el mismo hombre del que se había enamorado. Por primera vez desde que había abandonado aquella isla caribeña, Mina se sentía feliz.

–¿Y si no accedo?

–En ese caso, mi dulce y sexy princesa, seguiré besándote hasta que lo hagas.

Por fin, los labios de Alexei acariciaron los suyos y las piernas le temblaron. Inmediatamente, se agarró a él, rodeándole el cuello con los brazos.

–Si accedo, será con la condición de ir despacio, necesitamos tiempo para conocernos mejor.

–Yo creo que nos conocemos lo suficiente, pero no voy a presionarte –Alexei le acarició la garganta con la punta de la nariz.

–Será mejor que sepas que no voy a dejarme manipular –dijo ella arqueándose hacia Alexei.

Alexei levantó la cabeza y sonrió.

–Cuento con ello.

Entonces, Alexei se apoderó de su boca y Mina se adentró en un mundo de placer.

Un siglo después, se oyó el carraspeo de un hombre. Huseyn. Tenía que ser él. Pero Alexei no se inmutó y ella no quería dejar de sentir aquel imposible placer.

No obstante, su cuñado no estaba acostumbrado a que le ignoraran. A continuación, oyó a Ghizlan murmurar algo; después, oyó el clic de la puerta al cerrarse.

Alexei apartó los labios de los de ella para mirarla.

—Al parecer, tu familia tiene mucho tacto. Tu hermana y tu cuñado me gustan.

Mina aprovechó la interrupción para respirar.

—No creas que te lo van a poner fácil. Te van a someter a un interrogatorio, te van a preguntar cuáles son tus intenciones, tus aspiraciones…

Él le sonrió con los ojos.

—Mi principal intención es ser el hombre que te haga feliz. Siempre.

Epílogo

EL MISMO día, un año después, Alexei entró en su casa de París; no en el antiguo y pequeño piso en el que Mina había vivido de alquiler, sino en una casa con espacio para el estudio de ella. Sonrió. Sabía que la encontraría allí, en el estudio, trabajando, a pesar de que apenas tenía tiempo para darse una ducha y cambiarse de ropa, tenían que salir pronto para la inauguración de la exposición de ella aquella noche.

Se quitó la corbata, la dejó tirada en el respaldo de un sofá y se dirigió al estudio. El pulso se le aceleró. Solo con pensar en Mina se entusiasmaba.

Para variar, Mina no estaba hasta los codos de arcilla ni tenía metal en las manos y tampoco estaba en el estudio. Alexei desvió la mirada hacia una pequeña escultura de bronce sobre una mesa. Eran las manos de un hombre, sus manos, sujetando los finos dedos de una mujer, los de Mina. Pero aunque parecía que las manos de él sujetaban las de ella, en realidad tenían los dedos entrelazados, como si compartieran su fuerza.

Siempre que veía esa escultura, el corazón le latía a más velocidad. Era un hombre muy afortunado, tenía a Mina. Aquel año había sido el más feliz de su existencia.

Sonriendo, se metió la mano en el bolsillo y se volvió hacia la puerta, pero se detuvo.

La mujer a la que adoraba se le reveló con una curiosa expresión y envuelta en un deslumbrante vestido rojo.

—¡Mina! Estás preciosa.

—Tú tampoco estás nada mal —Mina se le acercó y lo besó.

Alexei la rodeó con los brazos y respiró el aroma de ella a canela.

—Hoy he tenido noticias de Carissa. Pierre y ella van a ir a ver a Ralph en Jeirut. Ralph está muy bien e incluso está aprendiendo el árabe —Mina le acarició el pecho, haciéndole desear que le hubiera sorprendido en la ducha y desnudo—. Fue una idea magnífica involucrarle en el programa que estás desarrollando allí.

Alexei sacudió la cabeza.

—Fue idea tuya tanto como mía. Fuiste tú quien sugirió Jeirut —porque las posibilidades de apostar en el juego eran casi nulas.

Alexei se había mostrado más comprensivo con Ralph al enterarse de que era un adicto al juego, el mecanismo de defensa al que había recurrido para hacer más soportable el dolor que le había producido la muerte de su esposa.

Al enterarse de que Ralph, en un intento desesperado por recuperar el dinero que había robado a la empresa, había recurrido a apostar más aún en el juego y que, posteriormente, había intentado suicidarse, Alexei no le había llevado ante los tribunales. Al contrario, le había dado la oportunidad de participar en la iniciativa que Huseyn y él habían comenzado a desarrollar en aquel país.

Ralph, con su experiencia en las finanzas, estaba ayudando a que la empresa fuera un éxito y estaba recuperando el respeto que se debía a sí mismo.

–Pero fuiste tú quien sugirió que se le incluyera a él en el proyecto –Mina le acarició el mentón–. Le diste una segunda oportunidad. No mucha gente habría hecho eso.

–Todo el mundo merece una segunda oportunidad, cielo.

Mina sonrió y él sintió el brillo de esa sonrisa en lo más profundo de su ser.

–Mina… –Alexei tragó saliva–. Tengo una cosa para ti.

Ella parpadeó.

–Qué coincidencia, yo también tengo algo para ti. Mira, ahí…

–Cielo –Alexei la obligó a volver a mirarlo al tiempo que se metía una mano en el bolsillo–, he esperado todo un año… Estoy enamorado de ti, Mina. Quiero pasar el resto de la vida contigo.

Llevaba horas pensando en cómo decir aquello, pero al contemplar la cálida mirada de ella, el discurso que había preparado se desintegró.

–Mina, ¿me harías el honor de casarte conmigo?

Alexei alzó una mano y le enseñó el anillo que tenía para ella. Era único, un anillo de diseño moderno en oro blanco con un rubí.

Mina cerró la mano sobre la suya y él se dio cuenta de que los dos temblaban. Entonces, vio lágrimas en los ojos de ella.

–Mina, cielo…

Mina sacudió la cabeza y, por fin, sonrió.

–Me parece una idea magnífica. Yo también te quiero, mi vida. Y sí, yo también quiero pasar el resto de la vida contigo.

Una inmensa felicidad le embargó. Entones, bajó la cabeza y fue a besarla, pero ella le detuvo.

–¿No quieres ver el regalo que te he hecho?

–¿Qué?

–Mi regalo para ti –Mina se acercó a una mesa y agarró una pequeña caja. Abrió la tapa y le mostró dos anillos de casado–. Me parecía que un año es suficiente. Te quiero con toda mi alma, Alexei –entonces, se echó a reír, era una risa llena de promesas–. Me parece que los dos hemos tenido la misma idea.

–Porque nos compenetramos a la perfección –Alexei miró los anillos de matrimonio y después le puso a Mina el anillo de prometida. La emoción le cerraba la garganta.

–Sí, así es –respondió ella mirándose el anillo–. Gracias, Alexei. Jamás creí que pudiera ser tan feliz.

–Ni yo –Alexei le besó la mano–. Y esto es solo el principio.

Entonces, la levantó en sus brazos y dio vueltas con ella encima hasta que las carcajadas de ella retumbaron en toda la casa. Era un sonido que nunca se cansaría de oír.

Bianca™

Una cenicienta...
¡hasta su irresistible seducción!

LA MÁSCARA DE LA PASIÓN

Michelle Conder

Para Ruby Clarkson, un fastuoso baile de máscaras era la oportunidad perfecta para olvidar su tímida inocencia y convertirse en alguien distinto por una noche. ¡Se quedó petrificada cuando el multimillonario Sam Ventura la sacó de la pista de baile para cautivarla con una seducción anónima cargada de magia apasionada! Pero, cuando Ruby se dio cuenta de que su héroe de incógnito era su nuevo jefe y que estaban atrapados juntos durante todo un fin de semana, las caricias prohibidas de Sam fueron lo bastante poderosas como para desarmar a Ruby para siempre...

DESEO

*¿Tardaría mucho en llegar
la proposición de matrimonio?*

Doble engaño

ANNA DePALO

Para proteger su reputación en una ciudad donde el hombre era
un lobo para el hombre, la actriz Chiara Feran necesitaba un
falso novio a toda prisa. Que fuera el especialista de su última
película, Rick Serenghetti, parecía una apuesta segura.

Pero en Hollywood las cosas y los especialistas no eran lo que
parecían. Rick era, en realidad, un rico productor cinematográfico
que trabajaba de especialista en busca de emociones. ¡Y cómo
le emocionaba su último papel! Pero iba a obtener más de lo
acordado cuando la línea entre la realidad y la ficción comenzó
a desdibujarse. Pronto, estaría de camino un bebé de verdad.

Bianca

**De hacerle la cama al multimillonario...
¡a pasar las Navidades con él entre las sábanas!**

EN LA CAMA CON
EL ITALIANO

Sharon Kendrick

La tímida empleada de hogar Molly Miller siempre se esforzaba
por hacer su trabajo lo mejor posible. Estaba ansiosa por im-
presionar con la cena al rico invitado de sus señores, Salvio de
Gennaro, pero en vez de eso se llevó una injusta reprimenda
de lady Avery.

Horas después, cuando Salvio la oyó llorando, acudió a su cuarto
con el propósito de consolarla... y acabaron en la cama. Sin
embargo, aquella noche de pasión le costó el empleo a Molly y,
cuando la secretaria de Salvio le ofreció la posibilidad de trabajar
temporalmente para él y aceptó, ni se imaginó lo que iba a pasar.